# Todo ese fuego

Novela

**Ángeles Caso**

# Todo ese fuego

Planeta

El papel utilizado para la impresión de este libro es cien por cien libre de cloro y está calificado como **papel ecológico**.


Avinguda Diagonal, 662, 6.ª planta. 08034 Barcelona (España)
www.planetadelibros.com

Adaptación de la cubierta: Booket / Área Editorial Grupo Planeta
Fotografía de la cubierta: © Eva Varveropoulou
Fotografía de la autora: © Nines Mínguez
Primera edición en Colección Booket: septiembre de 2016

Depósito legal: B.12.831-2016
ISBN: 978-84-08-15872-1
Impresión y encuadernación: CPI (Barcelona)
*Printed in Spain* - Impreso en España

**Biografía**

Ángeles Caso nació en Gijón en 1959. Se licenció en Historia del Arte. Su actividad literaria incluye novelas, relatos, ensayos, biografías, libros infantiles, traducciones y guiones de cine. Es también articulista en diversos medios de comunicación. Sus obras están traducidas a quince idiomas. Entre sus novelas destacan *Elisabeth, emperatriz de Austria-Hungría*, *El peso de las sombras* (finalista del Premio Planeta 1994), *Un largo silencio* (Premio Fernando Lara 2000) y *Donde se alzan los tronos*. Su novela *Contra el viento* obtuvo el Premio Planeta 2009, el Premio a la Mejor Novela Extranjera en China 2011 y el Premio Giuseppe Acerbi 2012 en Italia.

*A mi sobrina Ines, mi princesa,*
*para el día en que sea una gran mujer*

«Pocos corazones mortales
languidecen como el tuyo en la Tierra»

EMILY BRONTË

# PRIMERA PARTE

## 16 DE JULIO DE 1846, EN LA CASA RECTORAL DE HAWORTH, INGLATERRA

Emily Brontë asomó la cabeza por el hueco de la escalera y gritó hacia las alturas:

—¡La plancha está caliente!

Charlotte bajó enseguida a la cocina. Su hermana estaba amasando el pan con sus brazos fuertes y aquel fervor que aplicaba a todo lo que hacía, girando el rodillo adelante y atrás igual que si estuviera aplastando a un ejército de rebeldes del reino de Gondal. La vieja Tabby acababa de llegar de su casa y fregaba ya la pila de platos de la noche anterior. A Charlotte volvió a parecerle que la criada era un poquito más baja aquella mañana, como le sucedía siempre desde hacía meses: la gran Tabitha Ackroyd, compañera fiel y risueña y llena de magnífica insensatez de la familia Brontë, estaba envejeciendo e iba volviéndose cada día más pequeña, hasta que llegase a convertirse tal vez en una diminuta enanita de la que ellas tendrían que cuidar.

Emily parecía contenta y ansiosa por hablar:

—Charlotte, Tabby tiene que contarte lo de la señora West.

—¿La señora West? —Charlotte recordó a aquella mujer gordezuela, la esposa del herrero del pueblo, a la que había visto, tan solo dos días atrás, persiguiendo a sus gallinas que andaban picoteando felices y libres por el camino de Keighley, mientras se sujetaba una inmensa barriga—. ¿Ha perdido al niño?

—No, no, qué va... Cuéntale, Tabby.

Ella detuvo su tarea y se secó las manos, dispuesta a relatar con toda solemnidad algo sin duda muy importante:

—Dio a luz esta noche. Y el bebé es gordo como un ternero ya criado, gigante y sano. Y cuando estaba pariendo, a las cinco de la mañana, con unos dolores horrorosos que parecía que se le iba a rajar el vientre, se apareció su abuela.

Charlotte hizo un gesto de extrañeza:

—¿Se apareció su abuela...? ¿Quieres decir el fantasma de su abuela?

—Sí, sí, el fantasma. Bajó del cielo y se puso allí a su lado y le agarró las manos mientras paría, y le dijo que no tuviese miedo, que todo iba a salir bien y que el niño tenía que llamarse Abimael, como se llamaba su marido en vida. Y entonces salió el crío, sin más, gordo y sano, y en cuanto se puso a llorar, la abuela le acarició a ella el pelo y se desvaneció.

Emily miraba a su hermana con satisfacción. Sabía que no le gustaban aquellas historias de espectros y aparecidos que a ella en cambio la entusiasmaban, y le encantaba provocarla con esos asuntos. Charlotte movía la cabeza de un lado a otro:

—¡No digas tonterías, Tabby!

—Es verdad, pregúntaselo a la partera, que estaba con ella y me lo acaba de contar...

Sin ganas de seguir enredándose en aquella absurda conversación, Charlotte Brontë cogió la plancha y subió al piso de arriba, dispuesta a enfrentarse lo más rápidamente que pudiera a la montaña de ropa que la esperaba sobre un sillón, sábanas y colchas y enaguas y faldas y pañuelos y camisas del padre y de Branwell. En el rellano se cruzó con Anne, que siempre iba algo más retrasada por las mañanas que sus hermanas y ahora bajaba al fin a tomar el desayuno.

—Buenos días, cariño. ¿Has dormido bien?

Como respuesta, Anne bostezó y estiró los brazos. Charlotte la dejó seguir su camino, sabiendo que a esas horas, recién levantada, su hermana pequeña era incapaz de pronunciar una sola palabra.

Y entonces, la casa entera, todo aquel edificio de piedra y madera que componía la rectoral donde vivían el reverendo Brontë y su familia en el pueblo de Haworth, se relajó y se dejó hundir plácidamente en esa cadencia de sonidos tranquilos, tan parecidos al silencio, que se despliegan en las mañanas alegres del verano. Afuera se oían los golpes rítmicos de John Brown tallando en su almacén, y los graznidos oscuros de los cuervos que trataban de imponerse sobre los débiles y orgullosos cánticos de los gorriones y el magnífico trino de aquel zorzal que vivía justo en el extremo más alejado del cementerio, entre los altos cedros. A lo lejos, al otro lado de la iglesia, resonaban los cascos de un par de caballos que subían por la calle principal hacia una de las fábricas de tejidos. Se oían también algunos niños jugando, y los gritos de una madre en busca de la cría que intentaba huir de los deberes domésticos y juntarse con sus hermanos en el descampado, y los cacareos de las gallinas excitadas por el paso cercano de un perro.

Estaban además los sonidos del propio interior de la casa. Sonidos comunes, llenos de esa melancolía que emana de las cosas sin importancia. Alguien deja caer la escoba sin darse cuenta al barrer el suelo de grandes losas de piedra. Una cama rechina mientras se sacuden las sábanas antes de estirarlas de nuevo. En la cocina, un tenedor rebota en un plato al ser colocado en la pila. Y Tabby gruñe en voz muy baja una maldición —al reverendo Brontë no le gusta que sus criadas lancen al aire palabras malsonantes— al volver a quemarse las manos de piel endurecida cuando abre el horno para meter el pan del día.

Somos indiferentes a la sonoridad vulgar del mundo. Al cabo de una vida, nuestros oídos escuchan millones de ruidos distintos. Hemos evolucionado de tal manera que el cerebro apenas los distingue ni los registra. Si prestáramos atención a cada uno de los sonidos que nos rodean, nos volveríamos locos. Estallaríamos de estrés, o nos moriríamos de nostalgia. La dolorosa añoranza de todo lo perdido. La voz del padre cuando nos recitaba poemas, o la de la madre al cantar. La promesa de la dicha vibrando en los labios del hombre al que amamos por encima de todos los demás la primera vez que pronunció nuestro nombre. El bramido magnífico de las tormentas en los veranos de la adolescencia. La clara sonoridad de los álamos viejos cuando sus hojas se agitaban en el aire, en ese jardín al que jamás hemos podido regresar.

No faltaba demasiado tiempo para que la rectoral de Haworth estuviera llena del silencio infinito de los ausentes. Pero aquella mañana, todavía, se podía escuchar la despreocupada tranquilidad de una casa que comienza la jornada bajo la luz aún tenue de un día de verano, emergiendo de la neblina en lo alto del cerro, sobre el pueblo, al borde mismo de los páramos en los que ya comenzaban a estirarse, a la espera del gran sol del mediodía, los brezos y las retamas valientes, encaramados a aquellas tierras duras como diminutos conquistadores llenos de resistencia. Los pequeños ruidos domésticos a los que nadie da importancia hasta que desaparecen, hasta que se desvanecen en el tiempo porque quien los producía, esa persona que sacudía las alfombras, recolocaba los platos en sus estantes, subía corriendo las escaleras o le silbaba al perro para darle de comer, ya no está. Entonces es cuando nos arrasa el silencio, y percibimos la ausencia más dolorosa en cada uno de los sonidos vulgares que no vibran en el aire, que jamás volverán a vibrar en el aire de este mundo.

Todo era felizmente aburrido y normal. Charlotte y Emily Brontë habían desayunado temprano junto a su padre, a las siete —tazones de gachas calientes y té—, y ahora las mujeres se ocupaban de las tareas domésticas. Anne, comenzando al fin a recuperarse del sueño que siempre se empeñaba en acompañarla mucho tiempo después de haberse levantado, estaba a punto de empezar a limpiar ya el polvo en el comedor, sosteniendo en la mano con cuidado el plumero traído años atrás por Charlotte de Bruselas, un humilde regalo de lujo que debía facilitar las labores en la casa. No le molestaba hacer ese trabajo. Le permitía mantener la mente dormida durante un rato, despertándose lentamente, muy por detrás del cuerpo, y luego, cuando ya se había despejado, recordar cosas y pensar, imaginar incluso ciertas escenas para su novela, como lo que debía suceder aquella tarde, cuando el reverendo Edward Weston treparía a un talud para cogerle unas prímulas a Agnes. William había hecho eso una vez por ella, cerca de Keighley, y ahora estaría bien devolverle ese gesto.

Observó la habitación a su alrededor, tratando de decidir por dónde empezaría esa mañana. Siempre intentaba cambiar el orden de la limpieza, para no aburrirse demasiado. Por fortuna, no había mucho que limpiar. Aquel no era el típico hogar victoriano de clase media con pretensiones de algo más, recubierto de alfombras y cortinas y sofás forrados de terciopelo, sino un espacio más bien sobrio, con pocas cosas, las sillas y la mesa y el diván oscuro al fondo del cuarto, un par de lámparas de aceite y algún candelabro, un jarroncito con flores secas sobre la repisa de la chimenea que Ellen Nussey había mandado en alguno de sus habituales paquetes de regalo, y los valiosos libros en sus estantes, claro, los libros una y otra vez leídos de Byron, Scott, Thackeray, Dante, Sand, Platón o Tucídides.

Empezaría por los libros. Allí era donde normalmente se detenía más tiempo, pasando sobre ellos el plumero con el mismo cuidado que hubiera puesto en acariciar a un niño, empujándolos un milímetro para que todos los lomos permanecieran siempre inalterablemente alineados, perfectos y limpios en medio del orden perfecto de sus universos simulados, al margen del caos de la realidad. Le daba la sensación de que al mantener impecables aquel puñado de volúmenes —desprovistos de polvo, colocados según el apellido de sus autores, formando una recta absoluta sobre la madera de nogal de los estantes—, estaba contribuyendo a conservar igual de limpia y ordenada su propia mente y todas las ideas incontenibles que habitaban en ella, en sus pequeños rincones oscuros y tibios, donde solían permanecer adormecidas y en paz hasta que, de pronto, una palabra resaltando sobre el blanco de un papel, un puñado de copos de nieve cayendo inesperadamente contra las ventanas como pequeñas almas lanzadas desde el cielo, el descubrimiento de que la arruga en el entrecejo de Charlotte, hendiéndole la frente, se había hecho un poco más profunda, de pronto, cualquier cosa nimia las despertaba y las enervaba y las lanzaba de un lado para otro dentro de su cerebro, iluminadas, dominantes, susurrándole palabras y palabras llenas de dolor y de angustia. Mientras ordenaba los libros, sometiéndolos al rigor de la geometría y el alfabeto y la extrema limpieza, sentía en cambio que estaba conteniendo el impulso destructor de todo aquello, reprimiéndolo dentro de unos límites razonables y medibles, lejos de su propia tendencia a la locura.

Después tocaba limpiar con delicadeza el pequeño retrato de la madre, con sus rizos surgiendo bajo la cofia, la boca extrañamente apretada y el suave cuello de gasa circundando su propio cuello. Era la única imagen de Maria Branwell Brontë que se conservaba, y a Anne le gustaba ese momento de cercanía, mientras se esforzaba por encontrar en aquel perfil duramente silueteado un asomo de vida, un resto tembloroso de la ternura que una vez, tanto tiempo atrás, debió de sentir por su última hija, de la que apenas tuvo tiempo de ocuparse.

Pobre Maria. Anne nunca lo supo, pero las criadas recordaban su angustia de los últimos meses de vida, mientras sentía cómo el cáncer la iba devorando y pronto la alejaría para siempre de sus hijos, aquellas seis criaturas pequeñas que tendrían que crecer sin una madre que los mimara y les enseñara a ser personas sensatas y responsables, buenos padres para sus propios hijos cuando les llegara a su vez el momento.

Antes de caer enferma, Maria estaba segura de que también les enseñaría a ser buenos creyentes, gentes que depositaran sus vidas con fe y esperanza en las manos del Dios Todopoderoso. Pero durante sus largos meses de dolorosa agonía, ella misma perdió la fe. Al principio, le había pedido a Dios una y otra vez que no se la llevase todavía, que la dejara un poco más en la Tierra, cuidando de Patrick y de los niños, que eran demasiado pequeños para quedarse sin madre. Había rezado intensamente una y otra vez, suplicándole. Pero Dios no le había hecho caso. Y lentamente, a medida que avanzaba el dolor y con él la consciencia de su muerte, Maria dejó de confiar en aquel Creador capaz de obligar a abandonar este mundo a una mujer joven con seis hijos pequeños. Si existiese, no podría ser tan cruel. Ahora estaba segura de que nunca alcanzaría ningún paraíso. Simplemente, se desvanecería en la nada, polvo en el polvo, y su ausencia flotaría perpetuamente en la casa como una niebla densa. Sabía que sus hijas vivirían para siempre con un hueco dentro de sus corazones que nada podría llenar, como si no hubieran terminado de hacerse. Y que Branwell, el varón único, estaría condenado a ser un niño eterno, inacabado, ansioso durante todo lo que le quedara de existencia de disciplina y de ternura, un fracasado que nutriría las huestes de los inmaduros. La pobre Maria Branwell Brontë tuvo que morirse sin fe ni consuelo, tristemente consciente de que dejaba atrás, en la casa rectoral de la colina de Haworth, a un grupo de seres desdichados y frágiles, como delicadas plantas de los jardines urbanos que hubiesen germinado por error en medio de los páramos, expuestas a los vientos y el hielo.

Jamás se lo había confesado a nadie. Murió llevándose su propio descreimiento en secreto a la tumba, aunque, unos días antes de morir, le dijo a su hermana algunas palabras confusas. Estaba dormida, o eso parecía, y Elizabeth, sentada junto a su cama, se había cansado de leer el *Blackwood's Magazine* y se había puesto a rezar en voz baja, musitando, como suele hacerse a la cabecera de los moribundos con la esperanza de que ellos no se den cuenta. Pero Maria, de pronto, sin abrir los ojos, dijo con voz alta y clara, con la voz dura y rotunda de una mujer enojada:

—Déjalo en paz. No me mira.

Elizabeth interrumpió su oración y se levantó nerviosa, acercándose a la ventana para apartar un poco las cortinas y quedarse allí mirando un largo rato, como si afuera estuviera sucediendo algo interesante, una tempestad en el viejo mar de Penzance, un grupo de jóvenes endomingadas que pasaran cuchicheando y riendo bajo sus sombrillas, o una manada de caballos atravesando con furia las calles camino de los campos abiertos. Trató de concentrar su atención en algo preciso y pequeño y real —aquellos rosales que su cuñado Patrick había plantado meses atrás contra la pared oeste de la iglesia, frente a la casa, y que ahora exhibían unas flores apretadas y luminosas—, mientras apartaba de su mente, a puñetazos, la idea de que Maria había querido referirse a Dios y tomaba la firme decisión, inalterable durante el resto de su vida, de que su pobre hermana deliraba.

Ahora, desde hacía cuatro años, junto al retrato de Maria se había colocado el perfil silueteado de la propia Elizabeth, que había muerto en 1842, a los sesenta y seis años, soltera, severa y grave como un gran pájaro gris y, al mismo tiempo, generosa como una de esas lobas de la antigüedad que amamantaban a cachorros humanos. Después de la muerte de Maria, a finales de 1821, la tía Elizabeth se había instalado definitivamente en Haworth para cuidar del viudo y de sus sobrinos. Por ellos abandonó Penzance, un precioso lugar junto al mar en el extremo más occidental de la península de Cornualles. No es que fuera una gran ciudad, pero, desde luego, era mucho más agradable que Haworth. Mucho más civilizado, habría dicho tal vez la propia Elizabeth Branwell. El clima era infinitamente más suave, lejos de la nieve y los vendavales que asolan los páramos de Yorkshire, y la vida de una mujer soltera resultaba incomparablemente animada respecto a la existencia solitaria de aquel triste pueblo del norte. Había cenas y bailes durante la larga temporada de primavera y verano, una fiesta al menos por semana, en cada una de las casas de las familias más acomodadas de la ciudad y del entorno. Había teatro y conciertos, y paseos al borde del mar, y, a lo largo de todo el año, amenas tardes de té con las amigas. Una existencia cobijada y decentemente alegre, de la que las hermanas Branwell disfrutaban todo lo que podían.

Pero en 1812 un viaje veraniego de Maria había cambiado el destino de las dos hermanas: se fue a visitar a su tío John, pastor en un pueblito de Yorkshire, y nunca regresó a la dulce Penzance. Allí conoció al joven reverendo Patrick Brontë y, nada más verle, supo que el destino que la Providencia tenía reservado para ella estaba al lado de aquel irlandés tímido y guapo, que la miraba como si la propia divinidad emanase de su interior. Maria se enamoró de repente, y cambió su vida de joven acomodada en una ciudad alegre por la carga pesada de convertirse en la esposa de un hombre religioso y sin dinero, destinado a cuidar de sus fieles en medio de los paisajes desolados y pobres del norte de Inglaterra. Se entregó a su sino con los brazos abiertos, siguiendo a su marido por los barrizales y bajo las ventiscas, habitando junto a él casas desnudas y pariendo seis hijos, uno cada año entre 1814 y 1820, cuando comenzó a sentirse enferma.

Para la tía Elizabeth no debió de ser fácil tomar la decisión de irse a vivir a Haworth tras la muerte de su hermana. Ya no era joven y había aceptado con satisfacción la idea de que no iba a casarse. Lo hubiera hecho si su padre se lo hubiese exigido, pero él nunca trató de imponerle nada a ese respecto, y no se había escandalizado de que su hija mayor rechazase un par de interesantes propuestas de matrimonio. Aunque nunca se lo hubiese confesado a nadie —Elizabeth Branwell no se hubiera permitido expresar una idea tan antinatural—, era en realidad una de esas mujeres que temían convertirse en la propiedad maltratada de un hombre sin escrúpulos, y verse además obligadas a traer hijos al mundo incesantemente, teniendo que atravesar los peligros de los embarazos y los partos y el dolor de la probable muerte de muchas de las criaturas. Puesto que gozaba de cierto desahogo económico personal, había elegido la soltería, en silencio, pero con entusiasmo.

Aquel otoño de 1821, después de regresar a Penzance una vez pasado el funeral y los primeros días de estupor del viudo, estuvo muchas noches sin dormir, dando vueltas en su cama, incapaz de decidir si debía o no trasladarse a casa de su cuñado y hacerse cargo de los niños. Abandonar su vida tan agradable, los paseos bajo el sol primaveral, los entretenidos cotilleos sobre los acontecimientos del lugar, las tardes de invierno bordando en la sala confortable de la casa familiar, bien atendida por las criadas silenciosas, para correr a instalarse en aquel caserón helado y austero, al lado de un viudo triste como un perro sin dueño y de una saga de niños a los que habría que educar como personas de bien en medio del ambiente depravado de Haworth, con las frecuentes borracheras de los trabajadores textiles, su lengua soez y la infinita ignorancia extendiéndose igual que el ala de un cuervo ruidoso sobre los infinitos hogares pobres.

Aquella era una carga muy pesada para una mujer acostumbrada a la comodidad y a las buenas compañías. No había querido ser madre, y ahora se vería obligada a ejercer de madrastra de seis criaturas. Eran niños buenos y tranquilos. Ella misma los había visto allí, durante aquellas terribles semanas finales de su hermana, cuando viajó a Haworth para despedirse de la moribunda, seis cachorritos frágiles y silenciosos, que cuidaban los unos de los otros y jugaban en silencio para no molestar a su madre. Estaba Maria, que a sus siete años parecía ya una mujer adulta, envuelta en la gravedad de quien se ve obligado a asumir responsabilidades muy por encima de su alcance, empujada por los acontecimientos. Elizabeth, tan pálida y menuda que no parecía que fuese posible que viviera mucho más allá de los seis años que acababa de cumplir. Charlotte, como una muñeca con sus rizos dorados brillándole alrededor de la cabeza, demasiado grande para su cuerpo diminuto. Y el niño, Branwell, cuatro años llenos de timidez y angustia ante los extraños. Los enormes ojos grises de Emily, que parecían entenderlo todo aunque apenas supiera hablar. Y la pequeña Anne, un bebé de poco más de un año, delicada y frágil como una figurita de porcelana.

Dios mío, no podía dejar a aquellas criaturas en manos de su cuñado triste y las criadas malhabladas. Esa no era, desde luego, la vida que había soñado, encerrarse en una casa lúgubre para educar a unos pobres niños y vigilar que el servicio no robase, pero debía hacerlo, y por supuesto que lo haría. Elizabeth Branwell era sin duda una de esas mujeres que se colocan a pie firme frente a la existencia cuando esta exhibe sus cuchillos más cortantes y sus peores modales. Nunca se dejaba hundir por las circunstancias. Las observaba atentamente, meditaba sobre ellas y luego salía a su encuentro, armada con su sentido del deber, que enarbolaba ante sí como una espada. Después de aquellas noches de insomnio, comprendió que si jamás había eludido sus responsabilidades, ahora tampoco lo haría. La Providencia había trazado ese sendero sinuoso para ella, y ella lo recorrería igual que recorría el camino de la costa cuando un aguacero violento se interponía en su paseo, abriendo firmemente el paraguas contra el viento y alzando sus pies del barro con toda la fuerza posible.

Durante veintiún años, había sido una compañía impecable para Patrick. Había vigilado las tareas domésticas y contribuido con su propio dinero al mantenimiento de la casa. Cada tarde, después de la comida, se había sentado en el estudio de su cuñado y le había leído en voz alta los periódicos y las revistas mensuales, debatiendo después con él los asuntos más espinosos de política y de religión. Había visitado a los más pobres de la parroquia, y también a los moribundos, llevándoles ropas y comida. Sí, había sido una dama virtuosa de vida tan respctable como profundamente aburrida, privada de sus amigos y conocidos de Penzance y de la levedad propia de las ciudades costeras.

En cuanto a los niños, había hecho todo lo que había podido por ellos. Se preocupó de que estuvieran bien alimentados y vestidos, les dio clases de inglés y de geografía, enseñó a las niñas a coser y a bordar, y también a hornear el pan y asar la carne y preparar pudin cuando fueron un poco mayores. Les explicó cómo llevar una casa y cómo comportarse durante las visitas y cómo ser una buena cristiana. Les dio todo lo que era capaz de dar. Sin un solo instante de remordimiento por la decisión que había tomado, aunque a veces las imágenes de Penzance se interpusieran durante el sueño entre ella y la serenidad, haciéndola levantarse con el ceño fruncido y una especie de tela oscura cubriéndole por un rato el corazón, que lograba apartar a base de fuertes y disimulados manotazos.

Tan solo se podía decir de ella que había sido una cuñada intachable, una tía íntegra, una mujer generosa. Pero le había faltado la ternura. Deber y seriedad, por supuesto, pero nada de caricias o besos, nada de confidencias junto a la chimenea, en susurros, ni palabras de ánimo para los niños en sus momentos de debilidad, cuando las tempestades se abalanzaban sobre ellos. De hecho, Elizabeth Branwell despreciaba las debilidades. Siempre había creído que uno debe arrostrar con la fortaleza de una vieja roca todas las penas que Dios nos manda, a pesar de que sabía que pueden ser muchas. Detestaba las lágrimas y los temblores, las migrañas nerviosas y cualquier exceso de sensibilidad.

Le parecía que la vida debe regirse por la razón y la templanza, y que dar rienda suelta a las emociones de cualquier tipo era abrir la puerta a la depravación. Su manera de educar y tratar a sus sobrinos había sido tan justa como sobria y, tal vez sin ser conscientes de ello, todos habían echado de menos un poco de dulzura y de alegría, unas risas a destiempo, un par de canciones ligeras en las noches de invierno, antes de irse a la cama, o incluso algún enfado destemplado, unos gritos, un bofetón sin saña, unas lágrimas de vez en cuando de añoranza o de pura tristeza.

Todos guardaban hacia la tía Elizabeth respeto y gratitud. Especialmente las hermanas, porque al morir les había dejado a ellas el dinero que aún conservaba, una pequeña cantidad que Charlotte había invertido en acciones del ferrocarril, tras consultar a los padres de sus mejores amigas. Era precisamente ese dinero el que había permitido que Charlotte y Emily pasaran algún tiempo estudiando en Bruselas, y el que había dado alas a algunos de sus mejores sueños: primero la escuela, que finalmente jamás habían llegado a montar, y luego el libro de poemas.

Anne era la única que la había querido como a una auténtica madre. Antes de empezar a limpiar su retrato, solía tirarle un beso con la punta de los dedos, y a veces hasta hablaba con ella en voz baja, contándole alguno de los pequeños chismes del pueblo, mientras le limpiaba la nariz y la curva generosa de los pechos. Ella era todavía un bebé cuando la tía llegó a la casa, y había permanecido a su lado, sin separarse de ella ni un solo día, hasta que cumplió los quince años y fue enviada a estudiar junto a Charlotte al internado de Roe Head. Aquella mujer rígida le había consagrado por entero el pequeño trocito de ternura que inevitablemente debía de quedar en su corazón.

De hecho, ese rebelde sentimentalismo la dominaba sin poder evitarlo y la llevaba a desear achuchar constantemente a la niña, a permitirle todos sus caprichos y cubrirla de lazos y sedas de colores, aunque se contenía para no hacerlo, pues tenía la firme convicción de que las hijas de un reverendo debían llevar ropa sencilla, trajes oscuros y lisos, sin adornos, que las alejasen de la vanidad y la frivolidad. La tía Elizabeth luchaba denodadamente contra su ansia de rodear a Anne de mimos, convencida de que debía ser justa con el resto de sus sobrinos, aunque todos sabían que le temblaban las comisuras de los labios cuando la cría recitaba de memoria un largo poema o realizaba con éxito una operación aritmética, y notaban cómo le brillaban los ojos pálidos e inexpresivos cuando, por las noches, la contemplaba largamente mientras ella cosía, silenciosa y dulce como una mariquita del jardín.

Su dependencia de Anne se había intensificado después de la muerte de las niñas mayores. Había sido una tragedia muy difícil de soportar con resignación, incluso para gentes tan creyentes como Elizabeth Branwell y Patrick Brontë. Con sus diez y nueve años respectivos, Maria y la pequeña Elizabeth se habían ido al colegio para volver más altas y más listas, más fuertes, pero los que habían regresado al fin habían sido sus cuerpecillos moribundos y sus almas exhaustas.

El reverendo Brontë quería dar una buena educación a sus hijas, y no tenía muchas posibilidades de elección. Los recursos económicos —su sueldo y el dinero que aportaba la tía Elizabeth— eran tan escasos que en absoluto hubiera podido pagar el internado de cinco niñas que iban creciendo y exigiendo cada vez más conocimientos. Entonces llegó la noticia de que en Cowan Bridge habían abierto un internado de caridad para hijas de pastores pobres. Durante algunos días, dudó si aquella sería la elección adecuada, pues un lugar como ese tendría sin duda reglas duras y muchas privaciones. Pero las cartas que intercambió con el fundador, el reverendo William Carus Wilson, terminaron de convencerle. Jamás llegó a imaginar el hambre y el frío, la tristeza y las humillaciones que tendrían que soportar sus hijas, ni por supuesto la existencia de aquellas epidemias que enseguida arrasarían sin compasión los cuerpecillos tan frágiles.

Maria y Elizabeth fueron muy desdichadas durante los meses que vivieron allí. Salvo por la compañía de las amigas y la calidez disimulada de alguna de las profesoras, la vida en Cowan Bridge era un verdadero infierno helado. Las crías, de dos en dos en los camastros, dormían en una gran habitación sin chimenea. El viento entraba por las ventanas, y Elizabeth se abrazaba con fuerza a su hermana para sentir un poco de calor. Cuando se levantaban al amanecer, el agua de las palanganas donde debían lavarse estaba congelada, y las niñas mayores tenían que romper el hielo con piedras. Luego venía una larga hora de rezos en la sala común, mientras la señorita Andrews, la directora, dirigía las lecturas con su mirada feroz, y al fin el triste desayuno de gachas quemadas. El resto de las comidas eran igualmente malas y escasas: patatas guisadas con unas hebras de carne rancia al mediodía, media rebanada de pan y café frío y aguado para merendar, pastel de avena duro y un vaso de agua en la cena. Elizabeth dejó de comer, aunque Maria se empeñaba en meterle ella misma los trozos en la boca, como una madre pequeñita alimentando a su bebé.

Por más que las niñas llorasen y protestasen y cayesen enfermas, no había nada que hacer. La señorita Andrews y el reverendo Wilson no dejaban de recordarles a diario su condición: todas ellas carecían de recursos económicos, y estaban obligadas a acostumbrarse a una existencia dura y a aprender lo imprescindible para casarse algún día o ganarse la vida como maestras o institutrices. Debían sentirse agradecidas de que la caridad de algunos buenos cristianos les permitiese ser acogidas allí y prepararse para el futuro. Las camas de plumas, las chimeneas ardientes y las comidas exquisitas eran para los ricos. Y, en esta vida, a ellas no les había tocado ocupar esa parte del mundo.

Para Maria, el peor día de la semana era el domingo. Por las mañanas, salían todas juntas hacia la iglesia de Tunstall, caminando durante más de una hora, bajo la lluvia o la nieve o los vendavales. Y luego, con los pies mojados y las manos amoratadas del frío, tenían que soportar los interminables sermones del reverendo Wilson. El reverendo era calvinista, y estaba convencido de la atroz ley de la predestinación: solo los elegidos por Dios en el instante mismo de la Creación podrían salvarse, llegar al cielo y gozar allí de la gloria eterna. La inmensa mayoría de las pobres criaturas humanas estaban condenadas al infierno, por muy ejemplares y devotas que fueran sus vidas. Maligno y peligroso como una serpiente, disfrutaba agitando la mano en el aire ante aquellas niñas espantadas y aterrorizándolas con la idea del castigo al que la mayor parte de ellas estaban destinadas por el mismísimo Creador. El reverendo Wilson, que llevaba sobre él su enorme carga de soberbia como la sombra del demonio, estaba convencido, sin un ápice de duda, de que Dios, en su infinita sabiduría, había querido hacer de él uno de sus elegidos, y disfrutaba sádicamente del terror que producía en las mentes de los malditos. Le parecía que era conveniente que las crías supieran desde muy pronto lo que les esperaba en esta vida y en la de más allá, y sufriesen su condena sin que la piadosa tibieza de la esperanza las aliviase ni un instante.

Maria Brontë no soportaba esos discursos. Era una niña inteligente y seria, mucho más seria y desarrollada intelectualmente de lo que correspondía a su edad. Alentada por su padre, se había acostumbrado a leer no solo la Biblia, sino también sesudos libros de teología, de los que luego hablaba con él. Y estaba convencida de que las ideas del reverendo Wilson eran inhumanas y crueles, y de que nada tenían que ver con aquel Dios en el que ella creía y que ansiaba la salvación de cada uno de sus hijos. Pero lo peor de todo era que no podía discutírselas. Un día, mientras las despedía a la puerta de la iglesia, se había armado de valor y se había atrevido a transmitirle la opinión de su padre, pensando que quizá estaría bien que ambos hombres hablasen al respecto:

—Reverendo Wilson —le había dicho con su vocecilla aguda y firme—, creo que a mi padre, el reverendo Brontë de Haworth, no le gusta la teoría de la predestinación. Dice que condena a los seres humanos al fracaso y la angustia. Tal vez deberían discutirlo entre ustedes.

Desconcertado, William Carus Wilson se pasó la lengua húmeda por los labios y se rascó las patillas canosas, mientras trataba de averiguar qué debía responderle a aquella niña descarada y rebelde. Al fin se decidió:

—Lo que piense tu padre no tiene ninguna relevancia. Puede pensar lo que le dé la gana, pero es pobre, y no le queda más remedio que aceptar las ideas de aquellos a los que Dios ha querido dotarnos de una vida mejor. Te prohíbo que vuelvas a cuestionar mis palabras. Durante el próximo mes, te irás a la cama sin cenar. Es un castigo moderado para tu orgullo. Si eso no te enseña a expulsarlo de tu interior, me veré obligado a buscar fórmulas más adecuadas.

Y se había alejado rápidamente bajo la lluvia, como la serpiente corriendo a esconder su ira en el barranco. Maria se sintió llena de rabia. Pero ni siquiera pudo contarle lo que estaba sucediendo a su padre: la regla más cruel del internado de Cowan Bridge, la más inhumana de todas, exigía que las niñas escribiesen a sus casas y recibiesen carta de allí tan solo una vez al trimestre. Cartas censuradas, por supuesto: la señorita Andrews las leía una a una antes de depositarlas en el correo, y a veces obligaba a las crías a repetirlas excluyendo ciertas observaciones.

Quienes creían firmemente en el destino dijeron después que aquella había sido la voluntad de Dios y que había que plegarse a sus designios. Pero Patrick Brontë, a pesar de su obstinada fe, siempre se preguntó si las cosas no habrían sido diferentes de haber sabido desde el principio lo que estaba ocurriendo en Cowan Bridge. En el otoño de 1824, cuando Maria y Elizabeth llevaban allí unos meses y Charlotte y Emily acababan de llegar —dos crías pequeñitas y asustadas, que se pasaban el día cogidas de la mano—, una epidemia de fiebre e infecciones asoló el internado. Una tras otra, las niñas tosían, temblaban, vomitaban, se encogían sobre sí mismas como cachorritos muertos de miedo.

Maria enfermó en diciembre. Le dolía el pecho y, cuando le daban aquellos penosos accesos de tos inagotable, a veces escupía sangre. Los ojos le brillaban de fiebre y, por las noches, sudaba pegada a la pequeña Elizabeth, que compartía el camastro con ella, y ambas amanecían empapadas y tiritando bajo los latigazos helados del viento del este que entraba en el dormitorio.

Sin embargo, nadie avisó a Haworth. Ninguna de las niñas pudo contarle a su padre que Maria estaba tan enferma. Y el reverendo Wilson y la señorita Andrews decidieron no avisar a las familias sobre la peligrosa situación sanitaria que estaba viviendo el colegio para que nadie se atreviera a poner en duda su intachable reputación. Las reputaciones intachables han causado sin duda tantos estragos en la historia del mundo como algunas armas afiladas.

En febrero, parecía ya más que evidente que Maria sufría de tuberculosis. Cuando Patrick Brontë fue informado de la gravedad de su hija mayor y se desplazó rápidamente a buscarla, ya era demasiado tarde. A pesar de los cuidados que le dieron en casa, Maria murió el 6 de mayo de 1825, a los once años, dejando tras de sí el recuerdo brillante de una niña asombrosamente madura e inteligente, a la que todos echarían de menos sin consuelo.

Lo extraño fue que, al llevarse a Maria, el padre no recogiera también a sus otras tres hijas. El reverendo Brontë tuvo que arrepentirse durante el resto de su vida de esa desidia. Tal vez, de haber vivido su esposa, con ese intenso sentido de la protección que suelen tener las madres, ella le habría obligado a volver a casa con las cuatro crías. Pero Patrick solamente pensó en su hija mayor, descartando que la crueldad de la Providencia pudiese llegar aún más lejos. Sin embargo, apenas tres semanas después de la muerte de Maria, Elizabeth fue enviada inesperadamente a casa, donde falleció a los quince días, enferma también de la peor enfermedad de aquel siglo XIX.

Para entonces, Patrick ya había ido a recoger a Charlotte y Emily, comprendiendo demasiado tarde que las condiciones de vida de Cowan Bridge eran nefastas para sus hijas. Por suerte, llegaron muy delgadas y tristes y muertas de miedo, pero sanas. Quizá alguna divinidad de la poesía las protegió durante todos aquellos meses para que pudieran vivir y brillar años más tarde con la luz más refulgente que les es concedida a los poetas.

Pero desde entonces, desde aquella primavera de 1825 en que Maria y Elizabeth se fueron demasiado pronto del mundo, siguiendo el camino lleno de niebla que había emprendido la madre cuatro años antes, ese destello visible que siempre vuelve doradas las casas de los poetas estuvo permanentemente difuminado en la rectoral de Haworth por una sombra, una silueta oscura que a veces atravesaba el lugar como una ráfaga helada de viento, el espectro borroso y omnipresente de los pulmones devorados por la enfermedad y de la muerte temprana. Y las ausencias acumulándose como fríos agujeros en el corazón.

Anne no recordaba mucho a sus hermanas mayores. Únicamente lograba verlas muertas, pálidas y preciosas, con el pelo suelto alrededor de la cara, sus vestidos blancos y las coronas de hiedra sobre la frente, tal y como habían reposado en el comedor de la rectoral antes de que las llevasen a la cripta de la iglesia, junto a la madre. En las dos ocasiones, la tía la había obligado a entrar en la habitación y rezar. Cuando murió Maria, no se atrevió a abrir los ojos. Solo la entrevió unos instantes, mientras se acercaba al féretro que John Brown había fabricado cuidadosamente, pintándolo luego de blanco. Con Elizabeth, en cambio, unas semanas después, las cosas habían sido distintas. Durante todos aquellos días había estado acordándose una y otra vez de la breve imagen de Maria muerta, semejante a una de esas niñas pintadas en los libros de los cuentos, como una princesa dormida, soñando con ríos de miel y cestas llenas de dulces. Así que a Elizabeth sí que la miró, la contempló atentamente, tan plácida, tan suave, con la piel transparente y una extraña dulzura extendida sobre ella, como un velo invisible que se hubiese ajustado a cada uno de los rasgos de su cara, igual que si ya hubiese llegado al cielo y estuviese allí cantando salmos en honor a Dios, rodeada de brillantes arcángeles y de flores perfumadas, y algo de esa belleza hubiese bajado de nuevo hasta la Tierra para formar parte de su cuerpo. Anne comprendió, de esa manera inmediata y lúcida de la que solo son capaces los niños, que la muerte era algo apacible y bueno, algo que te convertía en una persona mejor de lo que eras en vida, aunque los mayores llorasen sin parar y pareciesen inconsolables.

Quien sí las recordaba perfectamente, llenas de vida, agitando los brazos en el aire para bailar, pisando sin miedo la nieve blanquísima de los páramos, tratando de alcanzar los innumerables conocimientos que cuelgan como frutas al alcance de las mentes de los críos, quien sí las recordaba con dolor y con rabia, era Charlotte. En aquel entonces tenía nueve años, y adoraba a sus hermanas mayores, sobre todo a Maria, que siempre había cuidado de ella. Maria soplaba sus gachas en la cuchara para que no se quemase. Maria le enseñaba a leer y a bordar rosas de colores inimaginables. Maria la cogía de la mano para ir a pasear muy lejos de casa, allá donde las nubes se deshacían sobre el suelo y el agua de los arroyos rugía batiéndose contra las rocas.

Charlotte las recordaba constantemente, desde la fecha ya lejana de sus muertes, y todos los días se preguntaba cómo serían de no haberse ido, qué habrían hecho, en qué se habrían convertido sus vidas si hubiesen tenido la oportunidad de crecer. Maria tendría ahora treinta y dos años, y Elizabeth, treinta y uno. ¿Qué les habría sucedido en todo ese tiempo? Quizá nada demasiado diferente de lo que les había ocurrido a Emily, a Anne y a ella misma. Nada extraordinario, sin duda. Vidas apagadas, frustrantes. Niños ajenos de los que cuidar como institutrices, tal vez un marido oportuno e insulso, buenos modales y respetabilidad, y por dentro toda aquella pasión, aquel anhelo, las alas que siempre ansiaban desplegarse obligadas a encogerse sobre sí mismas una y otra vez, convirtiéndose en muñones inútiles y horrendos. Las absurdas alas del espíritu rebelde de las mujeres.

Charlotte Brontë nunca dejaba de pensar en las interminables dificultades de ser mujer. Si ella hubiese nacido hombre, si ella fuese Branwell, por ejemplo, su vida habría sido tan distinta, tan copiosa, llena de acciones y gestos, y también de presunción. Nada ni nadie hubiera podido someterla ni hacerle agachar la cabeza, salvo su propio sentido de la honradez. Habría ido a la universidad, a Cambridge, como su padre, y habría tenido todos los libros del mundo a su alcance, toda aquella sabiduría tan anhelada. Habría discutido durante horas interminables de todos los asuntos que le interesaban con otros hombres iluminados. Habría viajado por el continente, oh, sí, París, desde luego, Italia y algún principado alemán, tal vez Viena y, de haber podido, hasta la ciudad plateada de San Petersburgo. Habría sido clérigo, o abogado, o diputado en la Cámara de los Comunes, o pintor y arquitecto de hermosos palacios. Tal vez, si hubiera podido estudiar, habría desarrollado su talento para el dibujo y el color, y ahora andaría por el mundo, firmando retratos y paisajes y puede que hasta cuadros de batallas, recorriendo con los ejércitos las tierras ardientes de Oriente y de la India, y admirando las ruinas de los orígenes del mundo.

Y, desde luego, por encima de todo, habría sido escritor. No, mejor dicho, habría sido Escritor, así de rotundo y grande. Uno de los primeros, de los indiscutibles, alguien que se sentaría en los salones junto a los mejores, al lado de Thackeray y Tennyson, y que no sería esa–pobre–mujer–pretenciosa–que–se–atreve–a–escribir, sino uno más. Un Poeta. Un Autor. Con su nombre en letras brillantes e imborrables marcadas a fuego en los lomos de los libros, y, tal vez, después de su muerte, una estatua en algún parque ante la que sus lectores se detendrían con reverencia, depositando una flor.

Pero ella era solo una mujer, con todas las minúsculas posibles. Una eterna menor de edad, condenada a vivir recluida entre las paredes de una casa, y limitada además, por sus condiciones familiares, a dos únicos destinos: casarse o enseñar. La hija virtuosa de un pastor no podía aspirar a nada más. Le estaba vetado trabajar con sus manos, ser labradora o sombrerera o ebanista, aunque ese hubiera sido su deseo. Pero también le estaba vetado trabajar con su mente, más allá de enseñar a leer y a decir algunas frases en francés a las estúpidas niñas de alguna familia rica o a las niñas bobas de alguna escuela mediocre, condenadas a llevar en el futuro una vida tan pequeña como la suya.

Charlotte detestaba la enseñanza. Lo había intentado, por supuesto que lo había intentado. No le quedaba otro remedio. A los diecinueve años había sido contratada como profesora en el internado de Roe Head en Mirfield, en el que ella misma había estudiado durante los dos cursos anteriores. Era un buen lugar. No tenía nada que ver con Cowan Bridge, desde luego. Aquí todo era agradable y cálido y limpio, y las niñas aprendían las pocas cosas que iban a ser importantes en sus vidas, pero también tenían tiempo de divertirse y jugar al aire libre. La propia señorita Wooler, la directora del colegio, se había convertido en una buena amiga durante sus meses allí como alumna, y, tanto entonces como después, cuando trabajaba para ella, la trataba con respeto y con cariño.

Pero Charlotte fue muy desdichada durante los tres años que dio clases allí. Era injusto, y se lo había reprochado a sí misma muchas veces: tenía un salario, una habitación caliente, con su propia chimenea y suficientes piedras de carbón a diario, y alugnas personas afectuosas con las que charlar por las noches, después de la cena. Y lo había intentado con todas sus fuerzas, vaya si lo había intentado. Había tratado de convencerse de que eso era lo que debía hacer una muchacha decente: trabajar en un trabajo honrado, pasar inadvertida, plegarse ante el poder absoluto de la vida y de sus normas, ser común y silenciosa.

¿Acaso no era eso lo que todo el mundo le decía? Su padre, la tía Elizabeth, la señorita Wooler, su amiga Ellen... Una mujer debe resignarse a lo que la Providencia le impone, una mujer no debe tener más sueños que el de una vida modesta y limpia, en la que jamás nadie pueda dudar de su virtud y su sumisión. Hasta el propio Robert Southey se lo había dicho, y Southey era un sabio, alguien que conocía bien el mundo, y había tratado con muchos hombres y mujeres y había reflexionado sobre ellos.

Más tarde, Charlotte se avergonzaría de aquella carta, pero entonces, a los veinte años, agobiada como estaba por su empleo de profesora en el internado, todavía pensaba ingenuamente que, a pesar de ser mujer, quizá lograría darse a conocer como poeta. Además, aquellas Navidades de 1836, durante las vacaciones, Branwell y ella habían estado hablando durante horas y horas sobre sus respectivos futuros, y ambos habían decidido que intentarían convertirse en escritores y ganarse la vida gracias a aquella ansia que vivía dentro de ellos desde pequeños. Se dedicaron a alimentar el uno el sueño del otro, iluminándolo con la más delicada de las luces, extrayendo de su interior todas las sombras y haciendo luego arder bajo él un montón de ramillas olorosas. Pero Branwell no parecía darse cuenta de que él era un muchacho y ella una chica, y que jamás podrían tener un destino común. Solo tras recibir la carta de Robert Southey, se había visto obligada a admitir que todo aquel fuego alimentado por su hermano había sido en vano:

—¿Te lo imaginas, Charlotte? Branwell Brontë, así, en letras bien grandes, sobre una tela azul, y debajo: *Poemas selectos.* Y, al lado, Charlotte Brontë, *Poemas breves.* ¿De qué color quieres tú la encuadernación?

Charlotte se echó a reír.

—Gris estará bien, aunque, a decir verdad, preferiría unas cubiertas en buena piel de cordero...

—Bueno, ya llegará eso, cuando hayamos triunfado. De momento, tendremos que conformarnos con la tela. ¡Somos buenos, Charlotte! ¡Somos muy buenos! ¿Por qué no habríamos de triunfar? Yo ya puedo verlo, nuestros libros en los escaparates de las librerías de Piccadilly, los críticos rastreando nuestras vidas y una multitud de almas acudiendo emocionadas en nuestra busca...

Charlotte trató de imaginarse esa procesión de semejantes ascendiendo por la calle principal de Haworth hacia la rectoral, agitando sus libros en el aire como palmas de Pascua, pero no logró distinguirlos. Había algo que emborronaba todo aquello y le impedía gozar de una visión clara: Branwell y ella no eran nadie.

—Quizá seamos buenos, no sé, puede incluso que seamos mejores que otros que publican y a los que todos halagan. Pero ¿cómo lo haremos? No tenemos un nombre ilustre, ni dinero, ni un padrino, ni siquiera un contacto... ¿Se puede empezar así, desde la nada? ¿Se puede llegar a ser un escritor reconocido siendo hijo de un pastor pobre en un pueblo perdido en el norte de Inglaterra?

A Branwell esos temores de su hermana le hacían reír. Él no era tímido ni modesto ni discreto, como solían ser las jóvenes. Por el contrario, estaba tan convencido de su propia valía y de la necesidad que el mundo tenía de que su talento saliese a la luz que rellenar aquel gran vacío que existía entre él y el éxito no le parecía ningún problema.

—Yo voy a escribir a Hartley Coleridge. De hecho, ya estoy redactando la carta. Voy a mandarle tres o cuatro poemas, y algo de mi traducción de Horacio. Tú deberías escribir también a alguien, Charlotte. Los poetas consagrados siempre ayudan a los jóvenes brillantes. ¡Vamos allá! El año que viene, nuestro regalo para papá en Navidades serán nuestros libros. ¡Cree en ello!

Así que Charlotte Brontë creyó en ello, y se puso al trabajo. Branwell, en cambio, debía de haberse olvidado también de ese proyecto, como tantas veces. O quizá no. Al fin y al cabo, su hermano había hecho a lo largo de la vida tantas cosas absurdas, mezcladas a veces con algunas sensatas, que quizá había escrito a Hartley Coleridge y nunca se lo dijo. Pero ella sí que escribió, a Robert Southey, el viejo poeta laureado de la reina Victoria. Una carta humilde e ingenua, de joven escritora apasionada que busca el apoyo de sus mayores, acompañada de un par de poemas.

Y Southey fue lo suficientemente amable como para contestarle. Los suyos no eran del todo malos versos, le dijo, al menos eran tan buenos como los de muchos otros autores contemporáneos que parecían especialmente dotados para la rima, como si la poesía anduviera en aquellos tiempos creciendo por los campos, igual que las margaritas en primavera. Pero él sabía a ciencia cierta que esa era una ocupación exclusivamente de hombres: «La literatura no puede ser adecuada para la vida de una mujer —le escribió de manera rotunda, con su letra picuda y pequeñita, como una sucesión de montañas diminutas—, y no debe serlo. Cuanto más ocupada esté con sus propias obligaciones, menos tiempo libre tendrá para eso, ni siquiera como afición y descanso. Usted aún no ha sido llamada a esas obligaciones, pero cuando lo sea, la celebridad le interesará mucho menos...».

Cuando leyó la carta, Charlotte Brontë hubiera querido que se la tragase la tierra. Sintió cómo le ardía la cara mientras recorría las líneas, y habría dado lo que fuese por volver atrás y no enviarle sus poemas a aquel hombre bondadoso y paternal, que sin duda los habría leído con una sonrisa indulgente en los labios, imaginando a esa dulce muchacha provinciana que soñaba estúpidamente con alcanzar una gloria que estaba muy lejos de sus posibilidades.

¿Cómo se le había podido ocurrir semejante tontería? Branwell siempre lograba llenarle la cabeza de pájaros, de ideas absurdas que parecían crecer muy altas antes de que las atrapase la realidad, pero que se desvanecían como pompas de jabón una vez que la vida de verdad les daba alcance y las deshacía con su peso. ¿Cómo había podido pensar que llegaría a ser una gran poeta, publicada y admirada y aplaudida por lectores desconocidos que encontrarían en sus versos el latido de un espíritu hermano?

Lo único que debía hacer —y, además, lo único que podía hacer— era dedicarse a enseñar. Sí, debía entregarse con todas sus fuerzas a ese pequeño trabajo, ganar decentemente un sueldo modesto que le permitiese ayudar en casa y, tal vez, regalarse algún capricho en el futuro, quizá un viaje breve al continente.

Quién sabe, quizá un día se enamoraría de un hombre y se casaría, y entonces, como decía Southey, todos sus sueños de gloria le parecerían ridículos al lado del enorme espacio de ternura y responsabilidades que ocuparían un marido y unos hijos. Pero Charlotte Brontë era lo suficientemente lúcida como para no engañarse a sí misma: el matrimonio era una posibilidad remota en su vida. Ella solo estaba dispuesta a casarse por amor. No iba a compartir su existencia con un hombre hacia el que no pudiese sentir algo terriblemente profundo, esa ansia de fundirse en el otro para siempre, la absoluta necesidad de vivir junto a él y nadie más, como si hubieses encontrado al único ser humano predestinado por Dios para ser tu compañero. Jamás aceptaría a un marido por conveniencia, aunque fuese el mejor hombre del mundo, si no se sentía capaz de amarlo con todas sus fuerzas. Detestaba la idea de casarse movida por la razón, como hacían tantas mujeres, de adaptarse a un esposo adecuado y lleno de virtudes, pero cuya presencia la aburriría como si fuese una escoba plantada en un rincón, recordando siempre la obligación de tener que utilizarla. De hecho, en una ocasión rechazó entregar su mano a una de esas escobas, el reverendo Henry Nussey, hermano de su amiga Ellen, quien le propuso matrimonio en una carta tan fría y medida como una dosis de medicina amarga, describiendo las ventajas de su posible unión con la misma falta de pasión con la que podría haberle hablado de adquirir un nuevo rizador para el pelo.

A sus veinte años, llena de fervor y de entusiasmo, Charlotte Brontë no quería tibieza y confort. Al menos, no en lo referente al matrimonio. Ansiaba encontrar un espíritu brillante, alguien que la acompañase lejos en los vuelos de la imaginación y del conocimiento. En cuanto al cuerpo, a todo lo que significaba el deseo hacia otro cuerpo y el universo misterioso y lleno de peligros que ese deseo significaba, Charlotte no era capaz de pensar en ello. Tan solo imaginar la mano de un hombre acariciándole la nuca desnuda sobre el cuello del vestido o unos labios masculinos posándose llenos de temblor y de poder sobre sus propios labios provocaba en ella un temor y una vergüenza que la obligaban a alejar de inmediato aquellas ideas de su mente, empujándolas con firmeza hacia el pozo oscuro y bien cubierto donde yace todo lo inadecuado. Si alguna vez en su vida debía despertarse ese temido fuego del deseo —pensaba entonces ingenuamente—, solo sería ante el esposo, ante el hombre elegido por Dios. Pero las posibilidades de encontrar a ese hombre, justo a ese, eran más bien escasas, y ella lo sabía muy bien.

Incluso lo eran las de encontrar a un hombre vulgar con el cual contraer un matrimonio conveniente. El mercado de las futuras esposas era complejo, y estaba lleno de matices y trucos y permutas. Pero había ciertas cosas evidentes, ciertas cualidades que eran obligatorias para que un hombre en sus cabales aceptase a una joven como esposa: el dinero, la belleza y la sumisión. Si faltaba una de las tres, las otras dos podían equilibrar esa ausencia. Pero en su caso, y en el de sus hermanas, faltaba todo. No podrían aportar ni un centavo a la dote, carecían de belleza y, para colmo, eran mujeres raras, con ideas propias y aficiones peligrosas, como escribir o caminar a solas por los montes. Estaba segura de que todas aquellas personas que componían el Consejo de Sabios en lo Referente al Matrimonio —viejas solteras casamenteras, madres astutas y ciertos abogados expertos en el asunto— habrían puesto su mano en el fuego asegurando que ninguna de las señoritas Brontë se casaría jamás. Y probablemente no se quemarían.

Después de haber recibido la carta de Robert Southey, tan ejemplarizante y rotunda como uno de esos bofetones que se les dan a los niños traviesos en sus peores momentos, Charlotte se sintió avergonzada de sí misma y de sus sueños de poeta, y decidió entregarse a su anodino pero decente trabajo como profesora en el internado de Roe Head. Debía olvidarse de todo aquel anhelo, de las voces de sirena de la fantasía, que desde su niñez habían arrastrado a los hermanos Brontë al mundo peligroso de la invención. Se agarró a sus actividades como si fuera un náufrago en medio del diluvio, tratando de evitar con todas sus fuerzas que aquella peligrosa melodía celestial la empujara contra las rocas. Pero a veces, a pesar de su ardor, las sirenas aún dejaban oír sus cantos más hermosos, que flotaban dentro de la cabeza de Charlotte como las nubes cuando aparecían más allá de las cimas de Tarn, lenta y dulcemente, caminando despacio por el cielo, amigables, hasta que de pronto cobraban valor y se convertían en un robusto ejército oscuro y lo invadían todo, ennegreciendo el mundo, rugiendo y deshaciéndose en lluvia inacabable.

Sí, a veces, en invierno, cuando el viento gigantesco soplaba alrededor del internado, sacudiendo las ramas desnudas de los árboles, que golpeaban insistentemente contra la ventana, al lado de la mesa donde se sentaba para dar sus clases, igual que una mujer enferma que se sienta a mirar de frente a la muerte, el anhelo rugía y la devoraba por dentro, incontenible. Charlotte sabía que el viento la estaba llamando. Sabía que allá lejos, en Haworth, aquella fuerza imbatible y gloriosa giraba en torno a la rectoral, y volaba luego hacia los páramos, llena de poder. Sabía que Emily y Anne habrían escuchado su llamada, y que estarían ahora caminando hacia Top Withens, batiéndose contra la fuerza del viento, libres y poderosas ellas mismas. Y entonces toda la desdicha se abalanzaba sobre ella, la añoranza atroz de sus hermanos y de la belleza árida de las colinas, el deseo invencible de sentarse junto a ellos en el comedor, después de la cena, y escribir y escribir y escribir, dejar que la voz de la imaginación la dominase e ir construyendo sus cuentos de los reinos de Angria y de Northangerland, transcritos con su letra diminuta sobre pedacitos de papel luego cuidadosamente encuadernados como pequeños libros de duendes, mientras Branwell y Emily y Anne escribían a su vez sus propias historias.

En esos momentos, Charlotte observaba las cabezas de las niñas inclinadas sobre sus deberes, fingiendo que entendían algo de los misterios de la creación, y los ojos se le llenaban de lágrimas. Las detestaba. No podía soportar su trabajo, aquella vida pequeñita entregada a muchachas que tendrían un futuro igualmente insignificante. Y lo peor de todo era que no les importaba. Gozaban del privilegio de tener unas mentes aburridas y enanas, que se conformaban con lo poco que el mundo ponía a su alcance. Bobas, eran bobas, muchachas simples y apáticas, y ella se veía obligada a disimular incesantemente su desprecio, a ahogar las ganas de chillarles que sentía crecer dentro de sí cada vez que comprobaba su estulticia.

Fueron años difíciles. Tenía tantas cosas en su interior, tanto dolor y tanta ansia, y las voces resonando en su cabeza insistentemente, pero todo aquello chocaba contra las paredes que la rodeaban. Sí, la vida de una mujer estaba encerrada dentro de un cubo geométrico hecho de sólidas paredes de piedra, delante y detrás, arriba y abajo, a la izquierda y a la derecha. No había escapatoria, y ella se ahogaba allí dentro, impotente, dándose cabezazos como un animal pillado en una trampa.

Todo el mundo posee al menos dos naturalezas. El bien y el mal, lo masculino y lo femenino, el *yin* y el *yang*, el *animus* y el *anima*, los dos hemisferios cerebrales conviviendo dentro de cada uno de nosotros. Supongo que buena parte de la gente ni siquiera lo percibe. Son todos aquellos que se pliegan dócil y felizmente a las circunstancias que los rodean, a la educación que han recibido, a lo que la sociedad espera de ellos. Ejercen de hombres muy hombres o de mujeres muy mujeres, de malvados o de tiernos, de histéricos o de criaturas sosegadas, según lo que la vida haya dispuesto. Llegan al final de sus vidas en paz, habiendo cumplido con el papel establecido para ellos, sin padecer jamás la fractura en dos de su ser, o sintiéndola quizá tan lejos, tan poco dañina, que la lucha apenas deja marcas visibles en sus existencias. Son las madres siempre generosas, los líderes eternamente combativos, los asesinos en serie y los violadores reincidentes, los perpetuamente sumisos o rebeldes, los santos sin mácula.

Y luego están los otros, los divididos, los rotos en dos. Almas en pena que aspiran a la calma cuando la vida los empuja a la acción y anhelan la inestabilidad cuando al fin llega el reposo. Son las mujeres dulces que en ciertos días desearían poseer los puños de hierro de un boxeador, los hombres fuertes que a ratos se esconden a llorar en los lavabos, los apacibles que una mañana desaparecen de casa para siempre, las madres entregadas que a los setenta años solo desean echarse un novio y desentenderse de los nietos, los tiranos asesinos que se sorprenden a sí mismos llorando ante la indefensión de un cachorro. Seres escindidos, que van dando tumbos por la vida, sin saber muy bien a qué firme columna agarrarse, qué preceptos seguir a ojos cerrados, en quién desearán haberse convertido el día en que la muerte los alcance. Charlotte Brontë formaba parte de ese grupo desdichado. Emily no, ni tampoco Anne. Emily era un ser indómito y tierno, igual que Anne era tierna y dócil. Charlotte, en cambio, podía ser lo uno y lo otro. Y nunca supo muy bien en realidad quién era. Anhelaba al mismo tiempo la fama y la reclusión, la aventura y el hogar familiar, la independencia y el matrimonio más convencional. Una mitad de sí misma era plenamente victoriana, tímida y sumisa y doméstica y creyente. La otra había caminado por encima del tiempo hacia un mundo en el que las mujeres tomaban decisiones, demostraban su talento, se movían solas por ciudades extranjeras y, si era preciso, renegaban de Dios. Y las dos partes permanecían en constante lucha, entregadas a una batalla infernal que a menudo la dejaba deshecha, deprimida y exhausta.

En diciembre de 1838, Charlotte regresó unos días a casa para pasar las vacaciones de Navidad. La mañana antes de su partida, después de haber terminado la limpieza, se sentó allí, en el comedor, cerca de la chimenea, y de pronto fue consciente con una lucidez dolorosa de que todo lo que ocurría en la casa formaba parte de ella, muy dentro de su propio organismo, como las células de su sangre o el aire que entraba en sus pulmones y se quedaba allí unos instantes, dándole vida.

Todo aquello no solo era su vida, era lo que le daba la vida, igual que el aire. La nieve que flotaba afuera y caía silenciosa sobre las tumbas del cementerio. El olor de la carne de Tabby asándose en el horno. Los ladridos de Keeper en el patio de atrás, tratando de asustar a una lavandera blanca que revoloteaba en busca de algo de alimento. La voz profunda del padre en su estudio, y la suave vocecilla monótona de la tía, mientras ambos comentaban las últimas noticias. Los cantos absurdos de Branwell, que tarareaba a voz en cuello un aire popular al mismo tiempo que se vestía. Los versos de Heinrich Heine que Emily leía en voz alta con su delicado alemán —«Die Lotosblume ängstigt / Sich vor der Sonne Pracht, / Und mit gesenktem Haupte / Erwartet sie träumend die Nacht»—, mientras pelaba patatas en la cocina. La quietud de Anne contemplando el fuego a su lado y formando parte de aquella tibieza, que parecía emanar de su propio interior. La noche deslizándose ya sobre los páramos, penetrando con su frialdad en los torrentes y serpenteando entre las rocas, en busca de un cobijo para las siguientes horas.

Ella era todo aquello. Los sonidos de la casa, los latidos de los corazones ajenos, la oscuridad y la luz futura. No podía regresar a Roe Head. Si regresaba, si volvía a alejarse de allí con su pequeña maleta, arrastrando la ausencia tras de sí como si llevase a cuestas una montaña, se rompería por dentro, se convertiría en trozos inertes, pedazos de una vida sin vida. Se quedaría allí, junto a todo lo que era ella, sujeta al aire de Haworth y a los ruidos familiares, como una cariátide a los pies del templo.

No lo pensó ni un instante. En aquel mismo momento, escribió a la señorita Wooler para comunicarle su dimisión. Luego se calzó las botas, se envolvió en la capa de lana gruesa y salió bajo la nieve camino de Keighley para echar su carta. Mientras recorría el camino empapado, obligándose a equilibrar el cuerpo una y otra vez para no caerse en las zonas heladas, tirando con fuerza de sus pies para poder avanzar allí donde la nieve se había acumulado alta, notando cómo los copos helados le empapaban la cara y el pelo y la ropa, sintió un vigor inesperado, una fuerza que recorría su cuerpo y su alma, como si un rayo benigno la hubiera atravesado y anduviera jugueteándole por dentro, otorgándole los benditos dones del coraje y la robustez. Regresó a casa a la hora del té, con la cara roja, los pies congelados, un halo de escarcha alrededor de su capucha y el corazón ardiente. Todavía ahora, casi ocho años después, aquel 16 de julio de 1846, recordaba el esplendor de ese día como uno de los momentos más felices de su vida.

Sin embargo, su decisión de quedarse en Haworth tan solo había sido un espejismo, un breve descanso en medio del empinado camino del trabajo imprescindible. Quizá se había creído, estúpidamente, que el dinero caería un día del cielo sobre sus cabezas, como el maná de los israelitas en el desierto. El asunto del dinero siempre perturbaba las vidas de los habitantes de la rectoral de Haworth. El sueldo del reverendo Brontë era exiguo, y él, hijo de pobres campesinos irlandeses, no había heredado ninguna fortuna de una familia pudiente. La tía Elizabeth contribuía a los gastos de la casa con sus propios ahorros, y cuando alguna de las hijas trabajaba, siempre enviaba una parte importante de su sueldo para los gastos comunes. Pero aquello no era suficiente para alimentarlos a todos, vestirse decente aunque modestamente, pagar los servicios de Tabby, calentar la casa, iluminarla con las caras velas, acudir de vez en cuando a algún médico —cada vez más necesarios a medida que el reverendo Brontë envejecía—, comprar libros, diarios y revistas, asistir de vez en cuando a un concierto o a una conferencia en Bradford o en Halifax y sostener las obras de caridad a las que un pastor estaba obligado. Además de pagar, por supuesto, los inútiles gastos de los sucesivos aprendizajes de Branwell y, más adelante, sus deudas, que tantos sacrificios costarían a la familia. No era una vida de ricos, desde luego, pero había ciertas exigencias sociales —la criada, la ropa digna, el cumplimiento con las deudas— a las que no podían renunciar sin que el oprobio cayese sobre ellos. Y luego estaban sus intereses intelectuales y artísticos, de los que eran incapaces de prescindir.

La consideración del dinero es siempre curiosa. No está bien visto decir que es importante. Las personas inteligentes y creativas, los artistas y los intelectuales y quienes se preocupan por el bienestar de los demás deben afirmar que el dinero nunca es su prioridad. Lo contrario los convierte en sospechosos a los ojos ajenos. Y normalmente es así. Si ganar dinero fuese para ellos lo más importante, dedicarían su energía, su tiempo y su talento a otras actividades mucho más lucrativas. Pero entre no luchar por hacerse rico y tener que conformarse con vivir en la escasez, hay un enorme abismo. Incluso llevar una vida moderada, pero digna, es caro. Al menos aquí, en esta parte del mundo, en el norte de este planeta donde durante muchos meses al año hace frío y uno necesita una buena casa, un abrigo grueso y alimentos suficientes para enfrentarse a las bajas temperaturas. No son lujos, son necesidades. Tal vez en un clima tropical se pueda tener una gran vida con mucho menos, un taparrabos, un techo de palma, algunas frutas baratas o gratuitas. Pero no en medio de los páramos de Yorkshire en aquel siglo XIX burgués, industrializado y clasista. Y sí, sí, es evidente, algunas de las cosas más hermosas del mundo no cuestan nada: la belleza de los árboles, la fuerza de los ríos y el mar, la vertiginosa infinitud del cielo nocturno, la delicadeza de las flores silvestres, el canto de los mirlos al alba. Charlotte, Emily y Anne Brontë disfrutaban más que nadie de la naturaleza, pero también amaban ciertas cosas caras, exquisitos productos del espíritu humano por los que todos debemos pagar un alto precio, aún más elevado entonces que ahora, los libros, la música, la pintura. El piano que Emily tocaba con un enorme talento y la misma pasión que ponía en todo lo que hacía, desde pelar patatas hasta crear magníficos poemas, no había sido excepcionalmente costoso, pero hubo que pagarlo. Y sus partituras. Y la tinta y el papel que todos ellos utilizaban para escribir infatigablemente, aunque lo hicieran con letras diminutas y por las dos caras para aprovechar al máximo el espacio. Y los lápices, las acuarelas o los óleos con los que pintaban. Y los infinitos libros, diarios y revistas que leían, por más que muchos los obtuviesen en préstamo de las bibliotecas públicas que ya entonces existían por todas partes en Gran Bretaña, incluyendo las bibliotecas circulantes que recorrían semanalmente los pueblos más pequeños. Aun así, vivir era —igual que es— excesivamente caro.

Quienes dicen que el dinero no es importante suelen tener lo suficiente para cubrir al menos todas esas necesidades básicas, el calor, la salud, la comida, un ratito de placer, la belleza y la complejidad de las ideas. Desde luego, en la vida de las hermanas Brontë, el dinero fue siempre un asunto fundamental, un problema que durante años y años les amargó la existencia. Que la marcó, de hecho, de una manera determinante, empujándolas a la mayor parte de las decisiones, buenas y malas, que tomaron en sus vidas, incluida la de publicar sus novelas. Antes de eso, antes de intentar lograr el éxito literario, se vieron obligadas durante años a someterse a aquella necesidad que las forzaba a alejarse de casa y buscar trabajo para subsistir, el único trabajo que podían ejercer, el de institutrices o maestras, mal pagadas y a menudo también mal tratadas, sufriendo por la ausencia de los suyos y la soledad creativa a la que ellas, acostumbradas a escribir juntas, nunca lograron adaptarse. Y enfermando una y otra vez a causa de la incesante tensión y de sus propias constituciones delicadas. Si alguien les hubiera dicho que el dinero no era importante, que unas mujeres tan llenas de genio como ellas debían estar por encima de esa nimiedad, Charlotte, Emily y Anne Brontë se hubieran reído a carcajadas.

Aquel año de 1839, las libras, como era su costumbre, no cayeron del cielo sobre la rectoral de Haworth. Charlotte tuvo apenas el tiempo suficiente para recuperarse un poco y, en primavera, volvió a partir hacia un nuevo empleo, ahora como institutriz. Había estado reflexionando y había llegado a la conclusión de que ocuparse de dos o tres niños sería mucho menos agotador para ella que ocuparse de cincuenta. Pero se equivocó. El trabajo de una institutriz quizá no fuera tan exigente desde el punto de vista físico como el de una profesora de internado, pero sin duda era mucho más humillante. Las familias ricas que podían permitirse contratarlas no solían sentir mucho respeto hacia aquellas muchachas humildes. Anne, que ejercía la profesión desde tiempo atrás, ya la había avisado. Aun así, Charlotte no sabía bien dónde se estaba metiendo. Ignoraba la enorme mezquindad que puede almacenarse maloliente en muchos corazones humanos, la arrogancia que a menudo habita en las grandes casas, junto con los muebles lujosos y las sedas de las paredes y las porcelanas de la China. Acostumbrada tan solo a su propia familia y al ambiente luminoso y tibio de Roe Head, desconocía la profunda ignorancia, el desprecio hacia los conocimientos que muchos miembros de las ricas familias de comerciantes de Gran Bretaña, las que se permitían contratar a una institutriz como ella, exhibían ante sí como una enseña de su estatus.

Fueron malos tiempos para ella, aún peores que los que había pasado en el internado, soportando a niños malcriados, padres groseros y madres estiradas y estúpidas como peces nadando en una pecera de agua tibia, que la miraban por encima del hombro y la trataban con displicencia porque era más pobre que ellas. Una vez, el pequeño John Sidgwick, enfadado porque trataba de obligarle a abandonar sus juegos y subir al cuarto de estudio, le tiró a la cabeza una Biblia, causándole una brecha junto a la ceja izquierda. Lo peor fue que su madre no solo no lo regañó, sino que, a consecuencia de aquel gesto de su hijo, terminó por despedirla a ella.

Esa tarde la hizo llamar a su salita mientras tomaba el té. Estaba tan molesta, tan dispuesta a demostrarle que allí no era más que una criada un poco más ilustrada que las demás, que ni siquiera le ofreció una taza, aunque sí le pidió que se sentase frente a ella.

—Creo que ha tenido un problema con el niño, señorita Brontë —le dijo, observando con desinterés la hinchazón sobre su ceja.

—Sí, es cierto. John nunca quiere subir a dar las lecciones. Siempre tengo que andar persiguiéndole por la casa o por el jardín, y eso retrasa las clases de sus hermanas.

—Por supuesto. Pero un niño no deja de ser un hombre en pequeño. No estoy segura de que lo entienda usted. —La miró con el desprecio con el que una vanidosa esposa puede mirar a una mujer soltera—. Las niñas suelen ser más dóciles y tranquilas. No les cuesta nada permanecer sentadas horas y horas leyendo o bordando o mirando mapas. Los muchachos, en cambio, lo que quieren es moverse y corretear por ahí. Debería ser usted más comprensiva con él.

—Sé muy bien cómo son los chicos, señora Sidgwick —mintió sin pudor, pues el único chico al que había conocido de cerca, su hermano Branwell, no había sido muy distinto de ellas, y tal vez no valiera como ejemplo de la pequeña masculinidad—. Entiendo que John necesite una cierta dosis de expansión física, pero también necesita aprender algunas cosas elementales, y acostumbrarse a respctar los horarios y la disciplina.

No se sintió capaz de dulcificar su tono, de suavizar lo que estaba diciendo con los educados «creo que», «me temo», «perdóneme que le diga». Por el contrario, como le ocurría tantas veces cuando se sentía menospreciada, dentro de su mente se había alzado dominante el orgullo, envolviendo sus palabras y sus gestos en dureza y rigidez, como si les hubiera puesto una armadura. La delicada y mandona señora Sidgwick se sintió herida por la falta de cortesía de aquella institutriz a sus órdenes. No alzó la voz, pero la irritación puso en ella un tono desagradablemente metálico:

—No es usted quien debe decidir cómo educar a mis hijos, señorita Brontë. John heredará una gran flota de barcos, un imperio comercial con Oriente, y no necesitamos que una joven sin experiencia ni dinero venga a decirnos lo que tiene o no tiene que hacer. Es mejor que se busque usted otro trabajo. Quizá encuentre alguna familia que aprecie más sus modales antipáticos. En cualquier caso, no se preocupe, le daré buenas referencias, aunque no serán excelentes, ya se lo aviso.

Esas dos palabras, modales antipáticos, se quedaron resonando en el aire, como un gong potente que alguien hubiera hecho sonar con demasiada fuerza. Y Charlotte tuvo que reconocer que eran ciertas. Jamás, ni un solo minuto de sus largos meses junto a aquellas personas, había logrado sentirse relajada o cómoda. Se había pasado el tiempo comparándose una y otra vez con ellos, examinando las inteligencias y los talentos de cada uno, pero también las indecentes cuentas bancarias que, de una manera definitiva, establecían el poder de la familia sobre ella y su obligatoria sumisión. La superioridad del dinero imponiéndose sobre la del espíritu. Era una perdedora, lo sabía muy bien, y la constatación de esa flagrante injusticia le provocaba una rabia sorda que le hacía ver a todos los Sidgwick como enemigos, los auténticos culpables de su más que obvia desdicha. Los detestaba, y esa constante tensión en la que vivía entre ellos se transmitía continuamente a su manera de tratarlos, aunque intentase ser educada. No le dolería ni un solo segundo tener que irse de allí.

Lo curioso era que ahora, mientras escribía su novela, todo lo que había vivido durante aquellos años le estaba sirviendo para construir el espíritu de Jane y de muchas de las otras figuras que aparecían en sus páginas, caminando un ratito por ellas hasta que su poder de decisión las alejaba de nuevo de la vista del lector, conduciéndolas otra vez hacia el silencio. Allí estaba la petulancia de aquellas mujeres vanidosas, la imbatible carencia de dinero marcando día tras día la vida de Jane Eyre, y también, desde luego, su propio orgullo bien incrustado dentro de ella, ese sentido de la dignidad personal que jamás la había abandonado en medio de las más terribles humillaciones, y que había sido, en verdad, lo único que la mantenía en pie mientras veía como la vida pasaba a su lado sin poder atraparla.

Allí estaba incluso, en el primer capítulo, la anécdota de John Sidgwick tirándole la Biblia a la cabeza, que le había servido para describir el comienzo de las desgracias de Jane Eyre, el momento en que su primo John Reed le lanzaba a la cara la *Historia de las aves británicas*, de Bewick, y la tía la castigaba a ella en vez de al crío caprichoso. Sí, era curioso comprobar cómo su propia vida se había infiltrado en su novela, la vida vivida y también la vida soñada, como si, de alguna manera confusa e invisible para los demás —o eso al menos esperaba—, estuviera ajustando cuentas con el pasado.

En el reloj de la escalera sonaron las nueve. La plancha ya se había enfriado. Antes de bajar a por otra caliente, Charlotte Brontë se permitió interrumpir unos minutos su tarea. Fue a la habitación que compartía con Anne y rebuscó en el baúl de la ropa de invierno, bajo un par de vestidos de grueso tejido de lana, los cuadernos que contenían buena parte de su novela, cinco cuadernos ya, casi cuatrocientas hojas cubiertas por ambos lados, llenas hasta los mismísimos bordes de su letra menuda y redonda, demasiado despojada y poco elegante, letra de mujer extremadamente miope y poco vanidosa. Estaban allí, entre la ropa —igual que lo hacían en otros escondrijos los de Emily y Anne—, guardados de Branwell, cuya reacción ante el posible descubrimiento de sus trabajos las tres temían. El deterioro de su carácter era tan extraordinario que las hermanas sospechaban que fuese capaz de tirar sus hojas al fuego en un arrebato de celos si llegaba a saber que estaban inmersas en la escritura de unas novelas con la idea, al fin firme y rotunda, de publicarlas.

Ahora, aunque le parecía que las letras sobre el papel se habían puesto en pie y formaban un coro suplicante que reclamaba su atención, no podía ponerse a escribir. Las palabras bullían dentro de su cabeza, y le hubiera gustado abandonar la plancha y quedarse allí con sus cuadernos, olvidada del mundo. Pero era preciso terminar las labores domésticas antes de poder sentarse las tres juntas en el comedor, con sus escritorios portátiles, y concentrarse en el esfuerzo, dirigir los ojos debilitados hacia el papel, cerrar sobre sus respectivas historias las mentes dispersas durante el resto del día, convirtiendo cada una de ellas en el centro mismo del universo. Escribir era sin duda un acto egoísta, un ansia que llegaba a convertirse en una obsesión, emponzoñando el resto del tiempo, esparciendo el veneno de su totalitario anhelo sobre todas las horas que las obligaciones de la casa, las necesidades comunes o la responsabilidad hacia los demás les robaban a los momentos de la creación, tan intensos para cada una de ellas, tan aislados del mundo y llenos de placer y dolor, como el éxtasis de una mística.

Si Branwell estuviese escribiendo una novela en serio, pensó Charlotte, se encerraría en su habitación y a todos se nos impondría el silencio, la absoluta exigencia de no molestarle. Le prepararíamos la comida y se la llevaríamos allí, golpeando suavemente la puerta para no interrumpirle en medio de una frase grandiosa. Caminaríamos de puntillas, Emily cerraría el piano hasta que él acabase su obra, no dejaríamos ladrar a los perros ni tronar a las tormentas, nos deslizaríamos como fantasmas en su cuarto para comprobar que no estuviese pasando frío, o hambre, o sed, y luego, por la noche, después de cenar, nos sentaríamos a su alrededor para escuchar la lectura de lo último escrito, llenas de admiración y respeto, y le aplaudiríamos, lo besaríamos y le cogeríamos las manos como si estuviésemos sosteniendo las manos de un dios.

Míranos en cambio a nosotras, pobres mujeres, obligadas a escribir a escondidas, a publicar bajo seudónimos, a ocultar todo este fuego dentro de nosotras, disimulando como si fuéramos ladrones el anhelo y la furia. Míranos planchando, cocinando, cosiendo, barriendo los suelos, tratando de robarle minutos, segundos, a la vida que pasa deprisa para poder escarbar ahí dentro, en las brasas que arden en nuestras cabezas, igual que bandidos aguardando la noche para despojarse de la ropa formal y envolverse en oscuras capas amenazadoras y salir a las calles a destruir, aunque nosotras no destruyamos sino que creemos, imprudentes mujeres, pecadoras mujeres que se niegan a doblegarse al silencio.

Era injusto y frustrante, pero, aun así, Charlotte Brontë sabía muy bien que no cambiaría aquellas tardes secretas en compañía de sus hermanas en el pequeño comedor de la rectoral de Haworth por la soledad de ningún escritor varón. Igual que los héroes griegos soportando sobre sus hombros el peso del mundo, ella estaba dispuesta a aguantar la carga de todas las escobas y todas las planchas y todos los ovillos de hilo con tal de poder seguir escribiendo junto a Emily y Anne. A veces, cuando levantaba la vista de su propio papel buscando una palabra, una imagen, una curva en el sendero de la historia de Jane Eyre que la condujera más allá, hacia las vastas praderas por donde la narración debía proseguir, cuando alzaba del papel los ojos miopes y se pasaba tres veces las manos sobre ellos, como si con ese simple gesto pudiera limpiarlos de la fatiga, y luego miraba a Emily, mordiendo con entusiasmo su pluma mientras reflexionaba, o a Anne, enredando los dedos de la mano izquierda en sus rizos al mismo tiempo que seguía trazando palabras, entonces sentía algo que se hinchaba dentro de su corazón, algo pletórico, silencioso y triste, que debía de ser, estaba segura, la felicidad, y el temor que la fragilísima felicidad acarrea, como si en medio de esa plenitud fuera consciente de que todo aquello —la presencia de sus hermanas, la solidez de la casa, la bravura de los páramos al otro lado del muro, la feroz entrega a la literatura— podía desvanecerse en un instante, dejando tras de sí un vacío que nada ni nadie lograría jamás llenar.

No, no cambiaría eso por ningún despacho masculino y aislado y silencioso. Y si alguna de ellas hubiese tenido hijos, si ella misma hubiera tenido un hijo de Monsieur Heger, tal vez una niña de rizos rubios y mejillas muy pálidas, estaba segura de que las tres habrían sido capaces de incorporarlos a todo aquello con la misma naturalidad con la que habían incorporado la obligación de levantarse de vez en cuando para echarle un vistazo a la comida en el fuego o prepararle el té al padre. Era bueno, sí, decididamente era bueno dejar que la vida entrase en sus páginas, la vida común, con sus pequeñas obligaciones y sus afectos y todo el cuidado que había que ofrecer a los demás. Sus obras quizá no llegarían a ser nunca las obras perfectas de un hombre encerrado a solas en su cuarto, sin más compromiso que el de extraer lo mejor de sí mismo de su espíritu y colocarlo con brillantez sobre el papel, líneas y líneas de palabras impecables, comas adecuadas, metáforas únicas y descripciones indiscutibles, todo ello iluminado por la luz pétrea de la razón. Tal vez sus novelas y sus poemas no alcanzarían nunca el grado sublime de lo inmejorable, pues su tiempo, sus mentes y sus pobres energías debían dedicarse a una multitud de cosas diferentes, a todo ese tipo de minúsculos intereses que atañen a la vida de las mujeres y hacen que la vida de los hombres sea mejor. Quizá tuvieran debilidades e imperfecciones, pero Charlotte Brontë estaba segura de que en ellas latía la vida, la fortaleza y la fragilidad de la vida misma, que permanecía siempre a su alrededor con todas sus exigencias, sin alejarse de ellas y de su trabajo como escritoras, y le parecía que eso era más valioso que la perfección masculina.

Se sentó al borde de la cama y releyó los últimos párrafos que había escrito la tarde anterior. Era un momento importante. El señor Rochester le había pedido a Jane que se quedase junto a él paseando por el huerto mientras las estrellas se iban iluminando en lo alto, y le estaba hablando de su futuro matrimonio. Jane aún no sabía que él trataba torpemente de pedir su mano, y creía que su amado iba a casarse con la bella señorita Ingram. Esforzándose para no romper a llorar, le había dicho que abandonaría Thornfield enseguida. Rochester insistía en que debía quedarse. Entonces, el alma orgullosa de Jane se había abierto paso a través de todas las normas sociales y toda la sumisión hasta la superficie de sus palabras, y las había llenado de ardor:

«¿Cree usted que puedo quedarme y convertirme en nada a sus ojos? ¿Cree que soy un autómata? ¿Una máquina sin sentimientos? ¿Y que puedo soportar que me arranquen mi trozo de pan de la boca, que vacíen mi vaso del agua vital? ¿Cree que porque soy pobre, oscura, poco agraciada y pequeña, carezco de alma y de corazón? ¡Se equivoca! ¡Tengo la misma alma que usted, y el mismo corazón! Y si Dios me hubiera dado un poco de belleza y una gran fortuna, habría logrado que para usted fuese tan difícil separarse de mí como es para mí separarme de usted. No le estoy hablando con la voz de las costumbres o de los convencionalismos, ni siquiera con la de la carne mortal; le hablo como si ambos hubiéramos pasado ya por la tumba, y estuviéramos a los pies de Dios, iguales, ¡tal y como realmente somos!».

Sí, estaba bien. Revisándolo al cabo de las horas, le convencía ese párrafo, aunque tal vez debía endurecer un poco más el tono. Y, sin embargo, estaba segura de que, a ojos de muchos lectores, ya sería demasiado duro. La criticarían, dirían que una mujer jamás debía hablarle así a un hombre. Una mujer pobre atreviéndose a declararse la igual de un hombre rico sería sin duda algo inaceptable para muchos.

Durante unos segundos, Charlotte sintió aquel miedo familiar que parecía subir por su espalda y expandirse luego dentro de su cabeza, instalándose allí como si fuera a quedarse para siempre. ¿Tendría valor para enfrentarse a todo aquello si algún día la novela llegaba a ser publicada? ¿Sería capaz de soportar sin hundirse las críticas duras que sin duda llegarían, los juicios que la expulsarían fuera del mundo literario antes incluso de haber puesto en él la punta de un pie? Y si además tenían razón, Dios mío, si además aquellos hombres que acaso se plantarían ante las puertas del templo estirando los brazos para rechazarla estaban en lo justo, si su novela era blanda e inexpresiva y vacía, si no estaba siendo capaz de reflejar ningún alma humana verdadera, sino tan solo pequeños trocitos de cera, muñecos decorados y huecos moviéndose ante un telón tan falso y ridículo como los de los títeres que pasaban por Haworth en primavera cuando era una niña, ¿qué sería de ella entonces? ¿Quién curaría después su corazón?

Cuando esos sentimientos de temor ante las posibles críticas a su novela se adueñaban de ella, a Charlotte Brontë se le ponía un dolor en el estómago que le duraba el resto del día, como si estuviese viviendo ya ese fracaso y no fuera tan solo una idea paralizadora contra la que debía combatir, haciendo un esfuerzo gigantesco por seguir adelante y salir a la luz y triunfar, y lograr un poco de reconocimiento y un poco de dinero con el que poder enfrentarse, libre, a los siguientes años.

Pero no podía detenerse en el miedo. Debía comportarse como las heroínas de Angria, que partían en busca de sus amados bajo las nieves y a través de los desiertos, sin importarles nada que no fuese el objetivo final. Suspiró. Volvió a guardar cuidadosamente los cuadernos bajo los vestidos de invierno y bajó a la cocina en busca de una plancha caliente. Tabby se había puesto a preparar confitura de arándanos con las bayas que ellas habían recogido la mañana anterior. El agua empezaba a hervir en la gran cacerola, y el olor se expandía ya por la cocina.

Charlotte respiró hondo.

—Tabby, ¿por qué será que tu confitura huele siempre mejor que las otras?

La vieja Tabitha se echó a reír.

—Serán mis polvos de bruja...

—¡Desde luego! Si te hubiesen pillado hace dos siglos, te habrían quemado en la hoguera, puedes estar segura.

Emily dejó de pelar las judías verdes para la cena y alzó los ojos del libro que estaba leyendo para mirar desafiante a su hermana:

—Charlotte, he decidido matar a Catherine.

—¡No puedes hacer eso, Emily! Ella es el personaje principal. A los lectores no les gustará.

—Vaya, qué remilgos, Char. Te estás volviendo una damisela... La gente se muere, por muy personaje principal que sea. Y Catherine Earnshaw también. Luego su fantasma atraerá a Heathcliff. Así es como debe ser. Y no voy a cambiarlo. No hay otro sentido posible.

Tabby las escuchaba con los ojos muy abiertos, revolviendo sus arándanos.

—Creo que a la hoguera vais a ir vosotras. ¿Dónde se vio, las hijas de un reverendo escribiendo esas cosas terribles de muertos y amoríos y fantasmas...? Siempre supe que os ibais a volver locas con tanto libro.

Emily respondió rápida:

—¡Pero si son las cosas que tú me cuentas!

—Sí, pero una cosa es contarlas, y otra muy distinta, escribirlas. Los pecados se hablan, pero no se escriben. Preguntadle a vuestro padre, que él sabe de eso más que yo.

—Tabitha Ackroyd, te estás volviendo vieja e insoportable...

Tabby regresó a su cazuela sacudiendo la cabeza. Una vaharada de vapor oloroso inundó la cocina y flotó lentamente hacia el resto de la casa, como el aroma que en los cuentos infantiles señala el lugar donde se amontonan los pasteles.

Emily se dirigió a Charlotte:

—Creo que va a hacer buen día. Despejará. ¿Vamos a dar un paseo antes de comer? Así tendremos la tarde libre para escribir.

—Sí, podemos ir hasta la cascada. Hace mucho que no voy. ¿Te importa si comemos un poco más tarde, Tabby?

—De todas formas, no va a quedar otro remedio. Anne todavía no ha ido a por la carne para el asado.

—Bien, en cuanto Anne y yo terminemos, podemos salir.

Charlotte cogió la plancha caliente, dejó la fría sobre el fuego y volvió a subir para terminar su tarea. Emily siguió en la cocina, trajinando y leyendo al mismo tiempo, con las mejillas rojas del calor, levantándose de vez en cuando a enredarle el pelo a Tabby para hacerla rabiar. Tenía ganas de que sus hermanas acabasen sus faenas para poder ir hasta la cascada. Seguía disfrutando de las largas distancias, que recorría siempre con sus zancadas poderosas, aunque tenía que reconocer que ahora, al borde ya de los treinta años, quizá no iba tan rápido como antes ni se sentaba con la misma naturalidad sobre las piedras mojadas, declamando poemas a voz en cuello. No solo era un problema de resistencia física, sino también de pudor, el maldito pudor que atonta la cabeza de las mujeres, volviéndolas estúpidas y débiles como pajarillos recién nacidos. Emily detestaba que todas esas bobadas la afectasen, la sensación de que alguien podía estar vigilando tus pasos y criticarte por hacer cosas poco adecuadas para una dama, correr por los campos, levantarte demasiado las faldas para atravesar un arroyo, cantar a gritos una canción alegre o dejar que la lluvia te empapara el pelo en verano, cuando el aguacero rompe a veces el calor del día y desciende feliz sobre la tierra, como un regalo inesperado de los dioses.

Añoraba los días exaltados de la infancia, aquella inocencia y aquel fervor que les hacían creer que estaban solos en el mundo cuando Branwell y Robert y ellas desaparecían durante horas en los montes y jugaban a representar las historias que leían en los libros o las que ellos mismos creaban, escenas de amores y batallas, de damas raptadas y cautivos batallando contra las tempestades de los océanos y caballeros retándose en duelo.

Seguramente algún pastor, algún obrero de las tejedurías que iba camino de su casa, medio borracho tras el descanso en la taberna, los habría visto. Sin duda habrían circulado rumores sobre los raros hijos del reverendo Brontë, que andaban haciendo cosas extrañas por los páramos, como criaturas de un asilo de locos. Pero en aquellos tiempos remotos y puros, la posible maledicencia hacia ellos no importaba nada. No eran más que niños, los niños sin madre de un padre excéntrico. Devoto y bondadoso, sí, pero capaz él mismo de todo tipo de rarezas, como leer libros escritos en lenguas desconocidas mientras paseaba por las calles del pueblo, arriba y abajo, murmurando a veces en voz alta palabras misteriosas.

Luego todo había cambiado. No sabía muy bien en qué momento. Tal vez desde que habían cumplido los catorce o los quince años, cuando se les habían desarrollado los pechos y las caderas y la sangre ya fluía cada mes con normalidad, a esa edad triste en la que una niña debe convertirse en una joven que empieza a ser observada atentamente, casi como si fuera una cabeza de ganado, para calcular sus posibilidades de contraer matrimonio. Ahora, afortunadamente, la época del mercado de las bodas ya había pasado. Y, sin embargo, seguían comportándose como si tuvieran algo que perder, porque esa era la costumbre: remilgos y pudor.

Tonterías, tonterías... Y también era una tontería molestarse por eso. Emily estaba intentando aprender a enfadarse poco. A veces se descubría a sí misma refunfuñando porque Anne no había colocado los vasos en el orden que a ella le gustaba, o discutiendo seriamente con Charlotte porque se empeñaba en regalarle su viejo vestido azul a la señora Wharton para alguna de sus hijas y ella creía, en cambio, que aún lo podía remendar. Perdía el tiempo y las energías en cosas sin sentido. Debía controlar de una vez por todas su carácter y concentrarse en lo importante. ¿Cómo podía sentirse frustrada por aquellas nimiedades? ¿Acaso no había aprendido ya que no hay que esperar nada de la vida? Estaba llena de filosofía, pero era incapaz de aplicarla a la existencia común. Hacía tiempo que se había dado cuenta de que quienes confían en alcanzar grandes cosas terminan por ser los más desdichados. Cosas grandes de verdad. No el dinero, las casas lujosas, los coches con armas en las portezuelas... Eso era fácil de lograr. Bastaba con no tener escrúpulos. Las cosas importantes en este mundo eran otras. La serenidad. La salud. La libertad. Tal vez también el amor, sí, por qué no, ese compañero al que acariciar en los malos momentos. Quien pensase que la vida extendería sus brazos, como una diosa benéfica cubierta de frutos, y le daría todo eso, solo encontraría el vacío. Y ahora que lo sabía, ahora que la ingenuidad se había marchitado dentro de ella y ya no sentía esa confianza pretenciosa de la juventud, era mucho menos infeliz. Ahora que había aprendido a agachar la cabeza, apretar los brazos contra el cuerpo y resistir a pic firme todas las decepciones, sin desesperarse y sin temblar de miedo, soportándolas como soportaba los aguaceros feroces de marzo, vivía mucho más tranquila. Sí, toda esa teoría estaba muy clara dentro de su cabeza. Hubiera podido escribir varios volúmenes explicando todo aquello, razonando sobre el estoicismo y las falsas ilusiones y la aceptación. Y, sin embargo, era incapaz de tolerar de buenas a primeras las razones de los demás, por muy bienintencionadas que fuesen, cuando le parecía que se oponían a las suyas, y obligaba a todo el mundo a rogarle y a tenderle trampas sentimentales, hasta que al fin se veía obligada a ceder. Bueno, así eran las cosas, la imperfecta Emily Brontë transitaba su pequeño recorrido por la tierra llena de defectos. Pero ella seguiría ahondando con firmeza el agujero en el que pensaba enterrar todo aquello, vaya si lo haría.

Lo que le gustaría, en realidad, era parecerse a Anne, que siempre parecía comprender que lo que había logrado, fuese poco o mucho, era todo lo que había, y que era absurdo empeñarse en más. Charlotte se rebelaba y se armaba de razones. Ella se sublevaba y empujaba como un toro, clavando los cuernos en todo lo que encontraba por delante. Anne, en cambio, estaba dotada de una comprensión sobrenatural, y entendía las verdades ocultas más allá de la realidad, las misteriosas razones de los hechos. Por eso parecía tan calmada y pacífica, como una de esas mujeres dóciles que se dejan dominar por cualquiera que levante la voz un poco por encima de la suya. Pero no era verdad.

Su voluntad era férrea. Simplemente, la reservaba para las cosas importantes. La gente se engañaba con ella. La creían sumisa y discreta, cuando en realidad era firme y segura, y si jamás presumía de su inteligencia o su talento, si jamás reclamaba un derecho o discutía una idea, no era por simular hipócritamente esa supuesta virtud de la modestia, sino porque poseía tal convicción dentro de sí que no necesitaba compartirla con nadie.

Allí estaba, por ejemplo, la historia de William Weightman. Anne la había doblado cuidadosamente, como un tejido precioso, y la había guardado dentro de su mente, colocando a su lado hierbas olorosas y delicadas maderas de cedro para que no se pudriese. Emily sabía que William seguía viviendo allí, en el corazón de Anne, igual de joven y fresco y alegre que el día en que se había muerto. Y, sin embargo, no había vuelto a hablar de él, ni a mencionar nada que tuviese que ver con el amor o el matrimonio. Y no, como se veían obligadas a hacer Charlotte y ella, porque la suya fuese una historia vergonzante y prohibida, cuya simple mención afectase al pudor de los otros, sino, simplemente, porque su tiempo había pasado, y ella lo había aceptado con serenidad.

Era una pena que Anne y William no hubiesen podido casarse. Emily, desde luego, no estaba hecha para el matrimonio, estaba segura de ello. Tal vez sí para aquel amor salvaje y libre con Robert Clayton, pero no para casarse. Jamás se habría arriesgado a entregarle su dignidad a un marido, con el corazón echando humo y la mente llena de cojines y bordados y dulces cunas, a depositar en sus manos su derecho a pensar, a caminar, a escribir. Emily detestaba que el mundo se empeñase en tratar a las mujeres como a niñas eternas. Ella se sentía un ser humano tan completo —y tan imperfecto— como cualquier hombre. Pero sabía que, a los ojos de los demás, debía carecer de autonomía y de libertad, porque las leyes y las costumbres se empeñaban en protegerla de todos los riesgos. Qué absurdo. La vida era riesgo. Implicaba necesariamente equivocarse y sufrir. Pero a las mujeres decentes, todos querían encerrarlas bajo una campana de cristal en la que no pudiesen salpicarles el pecado ni el mal. Solo debían rozar la vida, sin estarles permitido hundir los pies en ella, mancharse con su barro y su inmundicia, ni tampoco disfrutar de toda su gloria.

Si ella hubiese aceptado casarse con un hombre —si algún hombre hubiese tenido alguna vez el valor de pedir la mano de la indómita Emily Jane Brontë—, se hubiera convertido en su propiedad, y hubiera debido abandonar las cosas que eran el centro de su vida, papeles, libros, música, montañas. Entonces habría dejado de ser ella misma para convertirse en una sombra.

Anne, en cambio, habría sido una buena esposa para William Weightman, razonable y sensata y animosa. Se habrían reído mucho juntos. Aquel joven coadjutor de su padre siempre la hacía reír con sus bromas y su ingenio. Era un buen hombre, alegre y afable, y se preocupaba por la gente. De hecho, había muerto precisamente por eso. En el verano de 1842, en Haworth hubo una de esas epidemias de cólera que a veces arrasaban los hogares de la gente más pobre. El reverendo Weightman no quiso abandonarlos. Visitaba a diario a los enfermos, y trataba de consolar a los familiares y darles buenos consejos para que no se contagiaran. Y el que terminó por contagiarse fue él, bendita alma. Una tarde había estado en la rectoral, tomando el té con el reverendo Brontë, y, antes de irse, había entrado en el comedor sin que el padre se diese cuenta y le había pedido a Emily que le diese recuerdos a su hermana cuando le escribiese a la casa donde estaba trabajando como institutriz, y que le dijera que estaba deseando que volviera a Haworth para encontrar a alguien que le riera sus tontas gracias. Lo dijo con tanta ternura que Emily se sonrojó. Dos días después estaba muerto, y ella tuvo que contarle aquella triste noticia a Anne, junto con sus últimas palabras para ella.

La pobre Anne nunca dijo nada. No volvió a pronunciar su nombre, salvo en unas breves y contenidas líneas en su siguiente carta. Pero había escrito un poema, unos versos tristes que había querido incluir en el libro, y Emily estaba segura, aunque ella no lo reconociera, de que estaban dirigidos a William Weightman, el que pudo ser y no fue y cambió para siempre la mirada de Anne sobre el mundo.

Cuando oigo el soplo borrascoso
del salvaje viento del invierno
arrojándose sobre los brezos de la montaña,
¿por qué llena mi mente la tristeza?

Hace largo tiempo me gustaba tumbarme
sobre los páramos inaccesibles,
y oír el viento inclemente precipitándose
con su estruendo incesante.

Su sonido era para mí música;
su voz bronca y sublime
exaltaba mi corazón
y alegraba mi alma.
Y ahora, ¡qué distinto es ese sonido!
Adquiere otro tono,
y aúlla sobre el suelo yermo
con un melancólico gemido.

Charlotte había regresado a su tarea de planchado. Terminaría su labor y trataría de concentrarse en lo que iba a decirle a Emily para intentar convencerla de que no debía matar a Catherine

Earnshaw. Emily se estaba comportando como si jamás hubiera leído nada delicado, como si todos sus conocimientos literarios procediesen de las viejas leyendas populares y jamás hubiese accedido a Virgilio o a Keats.

Bueno, tal vez no importaba mucho. Que escribiera lo que quisiese. Al menos, estaban intentándolo, allí juntas, día tras día, sin desfallecer, esforzándose por abrirse camino como autoras. Y esa sensación era jubilosa. No siempre había sido así. Ella había conocido el silencio atroz, la corona de hierro que ciñe la frente de los poetas dejándolos mudos. No siempre había tenido suficiente inspiración para escribir. Durante sus dos años como institutriz, sola, llena de rabia e impotencia, había perdido las palabras. Había vuelto a vivir el viejo combate que ya había padecido en el internado de Roe Head, la lucha entre la necesidad material, por un lado, y las ansias de su espíritu, por otro. Por las noches, cuando al fin se encontraba a solas en su cuarto después de haber soportado aquellas interminables horas de deberes y displicencia, lloraba como una niña pequeña, cubriéndose la boca con la almohada para que nadie la oyese. Si al menos hubiese podido escribir, eso tal vez la habría compensado por todo el esfuerzo. Pero cuando llegaba la noche y con ella su breve tiempo libre, estaba demasiado agotada, demasiado enfadada con la vida.

A veces lo intentaba. Atizaba el fuego en la chimenea y se desvestía, liberándose de las apreturas del corsé y las costuras demasiado ceñidas para enfundarse una vieja bata suelta de estameña gris, con un chal grueso rodeándole los hombros y los pies bien envueltos en las zapatillas calientes. Entonces colocaba una vela en la pequeña mesa que le servía de tocador y de escritorio, abría su caja de plumas, afilaba una, se colocaba los manguitos, extendía el papel ante sí, mojaba la pluma en la tinta oscura, inclinaba la cabeza y esperaba, minuto tras minuto, la mente tensa, la mano tensa, la tinta goteando lentamente sobre el papel, y un vacío inmenso, el triste vacío de la falta de palabras del poeta, girando a su alrededor en la habitación, igual que un espectro helado que se burlase de ella.

En aquellos dos años, tan solo logró escribir un poema, breve como una de esas flores que nacen al alba y se deshojan al atardecer. Era un domingo de marzo, y la familia White se había ido a la iglesia para asistir al oficio. Ella se había quedado en su habitación, alegando un terrible dolor de cabeza. Se quedó junto a la ventana observando el jardín francés que se desplegaba a sus pies —un capricho del abuelo del señor White, que había vivido varios años en Versalles, antes de la Revolución—, toda aquella artificiosidad de arbustos recortados, senderos de grava blanca, estanques geométricos y parterres de flores iguales, creciendo a la misma altura y con idéntica pujanza, como si fuesen plantas de porcelana coloreadas. Todo perfecto, controlado, dominado por las entrometidas y dañinas manos de los hombres, capaces de creerse con el talento suficiente como para mejorar la creación. Entonces, la visión del páramo rotundo y rudo, con su belleza áspera y su indiferencia a lo humano, surgió en su mente y la llenó de imágenes y palabras, y en tan solo unos minutos compuso aquel pequeño poema sobre el alma indómita de la naturaleza, cuya añoranza latía implacable dentro de su cerebro, haciéndole menospreciar la falsa belleza del jardín pretencioso.

¡Háblame del Norte! Un páramo solitario,
silencioso y oscuro, infinito se extiende,
y las aguas de un arroyo silvestre fluyen
rápidas a través de sus frondosos bosquecillos.

Profundamente calmo el aire del crepúsculo,
inerte el paisaje; así reposamos,
hasta que, como un fantasma silencioso,
un ciervo se agacha a beber en la corriente.

Y a lo lejos la montaña, el frío,
blanco yermo de nieve acumulada,
y una estrella, grande y suave y sola,
iluminando en silencio el cielo desnudo.

Eso fue todo. El resto, las infinitas sensaciones que ansiaba transmitir, las ideas que siempre habían vivido como duendes en su mente, apareciendo y desapareciendo, y que ella deseaba atrapar escribiéndolas, las historias que debían haberla atormentado con su poder hasta obligarla a narrarlas, habían desaparecido. Durante dos años, Charlotte no logró saber si todo eso yacía en algún rincón oscuro de su espíritu, esperando el momento en que la luz lo despertase y lo hiciera respirar y palpitar, forzándola a ella a servirle de medio a través del cual alcanzar la realidad física de las palabras escritas. O si la llama se había extinguido para siempre, la antigua llama adorada de la poesía. Pero entonces, si su razón de existir, el amor más profundo de su corazón y su mente, se había desvanecido, aniquilado por la vida práctica y la despótica necesidad de dinero y la amargura, ¿cómo seguiría adelante? No creía que mereciese la pena vivir sin aquel anhelo que siempre había formado parte de su ser, con la misma intensidad que el amor por su familia o el temeroso respeto hacia Dios.

Una vez más, Charlotte Brontë terminó por enfermar de frustración y de añoranza. Igual que le había ocurrido antes en Roe Head, igual que le había sucedido a Emily durante sus meses como profesora en Halifax, el cuerpo y la mente de las hermanas Brontë no soportaban la dureza del interminable trabajo diario, la lejanía del hogar y la ausencia de la escritura conjunta. No era solo aquella pena incesante golpeando sus tripas, sino también las jaquecas, la fiebre al atardecer, el cansancio, y la tos, los golpes crueles de los pulmones que parecían querer salírsele por la boca y que, inevitablemente, le despertaban el terror a la vieja enfermedad familiar, la que se había llevado a Maria y a Elizabeth tan pequeñas.

En el verano de 1841, demasiado débil ya para seguir adelante, renunció a su trabajo con los White y, una vez más, volvió a casa en busca de reposo. Y, allí, a medida que se recuperaba, mientras daba largos paseos con Emily y los perros por los páramos, mientras se sentaba junto al fuego en el comedor y abría su pequeño escritorio portátil y notaba cómo el viejo anhelo volvía a tomar forma en su interior y cómo las palabras fluían de nuevo, deslizándose desde su mente hasta el papel a través de su mano en forma de poemas o breves narraciones inconexas, mientras sentía cómo poco a poco volvía a formar parte de la vida y dejaba de contemplarla a su lado, viéndola pasar sin poder atraparla, entonces, Charlotte tuvo una de aquellas brillantes ideas que habrían de solucionar los problemas económicos de la familia y volver a reunirla con sus hermanas: montarían su propia escuela.

A medida que iba pasando el tiempo y el reverendo Brontë envejecía y parecía ya claro que ninguna de ellas se casaría jamás, con sus veinticinco, veintitrés y veintiún años bien repletos de falta de dinero y de belleza, a Charlotte comenzaba a obsesionarle el temor al futuro. En cuanto el padre cerrase los ojos —y Dios quisiera que fuese lo más tarde posible—, dejarían lógicamente de recibir su salario y, además, serían expulsadas de la casa rectoral, a la que llegaría el nuevo párroco con su propia familia. ¿Qué sería entonces de ellas? Tendrían que dispersarse. Anne y ella se verían obligadas a aceptar de nuevo humillantes empleos como institutrices o maestras, languideciendo en cuartos que jamás serían suyos, en medio de personas a las que siempre considerarían extrañas. Serían desdichadas, pero sobrevivirían. Pero Emily, ¿a dónde iría Emily, con su incapacidad para relacionarse con los demás, su hosquedad, sus rarezas?

Crear su propia escuela era sin duda una buena idea, una gran posibilidad de esquivar la más que probable miseria futura: Emily, Anne y ella tenían capacidad suficiente para hacerse cargo de un grupo de niñas. Incluso, para reducir costes al principio y no tener que pagar un alquiler, podían hacerlo en su propia casa. Habría que realizar algunas obras, desde luego, renunciar a cierta comodidad familiar y apretarse un poco más en las habitaciones, pero, si lo organizaban todo bien, les cabrían ocho o diez crías durmiendo allí y otro número semejante de externas. No les quedarían enormes ganancias, por supuesto, pero al menos estarían allí juntas, no le deberían pleitesía a nadie y, aunque llevar una escuela supusiese mucho trabajo, tendrían los domingos y las vacaciones para ellas. Además, no aspiraban a ser ricas. Lo único que querían era seguir llevando tranquilamente aquella vida austera a la que estaban acostumbradas y que les gustaba. No necesitaban vestidos de seda sobre sus cuerpos, ni alfombras persas en la casa. Charlotte se rio imaginando a Emily envuelta en tafetanes y lazos, caminando etérea sobre mullidos tapices traídos desde las montañas de Afganistán. ¿Qué haría su hermana con sus zancadas largas y poderosas, con sus brazos recios y la compañía constante de Keeper, siempre cubierto de barro y pegado a sus faldas como una sombra? Definitivamente, no era lujo lo que deseaban, tan solo seguir viviendo juntas en Haworth, caminar por los páramos y disponer de suficiente papel y tinta para seguir escribiendo, sopa caliente por las noches y un buen fuego en la chimenea.

Charlotte lo pensó todo concienzudamente, hizo números, volvió a hacerlos y, al cabo de unos cuantos días, cuando el asunto le pareció claro y seguro, inició la parte tal vez más complicada del proyecto, la de convencer a los demás. Primero escribió a Anne, que contestó rápidamente, entusiasmada con la idea. Y esa misma tarde, llevando la carta de la hermana pequeña en la mano, se enfrentó a la testarudez de Emily, con el corazón latiéndole en las sienes, pero la voz firme.

Al principio, su hermana se negó con todas sus fuerzas, como era de esperar:

—Ni hablar. Yo no pienso pasarme la vida tratando con niñas desconocidas, todas esas señoritas remilgadas llenas de lazos y puntillas y tirabuzones... No lo voy a hacer, Charlotte, digas lo que digas.

—¿No te das cuenta de que es la única manera de que podamos estar todas juntas en casa? Por las tardes las dejaremos estudiando y podremos ir a pasear, o sentarnos a escribir. Y padre estará bien cuidado y nadie tendrá que angustiarse por estar lejos si a alguno de nosotros le ocurre algo...

Emily atizaba el fuego con furor y fruncía el ceño, espantada ante la idea de ver la casa invadida por un ejército de criaturas chillonas y exigentes que la harían sentirse aterrorizada, como siempre le ocurría cuando había extraños a su alrededor, gentes que la hacían verse a sí misma rara y ajena, muerta de timidez, incapaz de decir nada medianamente inteligente o al menos educado. Cada vez que tenía que sentarse junto a personas que no formaban parte de la familia —salvo Ellen Nussey o Mary Taylor, las buenas amigas de Charlotte a las que había aprendido a querer—, lo único que deseaba era convertirse en perro, o en zarzal, o en una piedra perdida en los páramos, algo que no estuviese obligado a hablar y a demostrar cortesía e ingenio. Era consciente de que carecía del más mínimo talento social. Y tampoco deseaba poseerlo.

Pero las razones de Charlotte, que explicaba entretanto las perspectivas económicas de su plan, empezaban a parecerle lúcidas. Dejó de revolver los trozos de carbón y se giró hacia ella:

—Ya... ¿Qué ha dicho Anne?

Estaba totalmente segura de que, antes de comentárselo a ella, su hermana mayor había hablado del asunto con Anne. Ella siempre era la última, y eso le parecía normal, pues en ese tipo de cosas que tenían relación con la vida exterior, las otras siempre se veían obligadas a hacer un gran esfuerzo para convencerla. Charlotte le tendió la carta. La leyó despacio. Hubo un momento en que se le llenaron los ojos de lágrimas y dio un respingo, allí donde Anne mencionaba la posibilidad de abandonar al fin su horrible trabajo como institutriz y volver a casa y estar para siempre con ellas.

Emily adoraba a Anne, y Anne a Emily. Había algo que las unía por encima de las uniones comunes entre hermanas, algo que arrancaba de la infancia sin madre y que había crecido al mismo tiempo que ellas, como sus brazos o sus pechos. A veces les parecía que eran en realidad la misma persona, dos siamesas que compartiesen la mitad de su cuerpo y de su alma, y a las que habían obligado a vivir separadas, cada una de ellas sobre sus propias piernas. Cuando ambas estaban en casa y dormían en la misma cama, solían hablar de eso en susurros por las noches, muertas de risa y de amor. Una vez, el día en que Emily había cumplido los veinte años, Anne le dijo aquella frase terrible:

—Cuando tú te mueras, y eso ocurrirá cuando seamos ya muy viejas, estoy segura, yo me moriré inmediatamente después, al día siguiente. No podría vivir sin ti ni veinticuatro horas.

Emily se revolvió, como Keeper cuando gruñía por lo bajo ante algún ruido que no le gustaba.

—¡No digas tonterías, Anne! Nadie se muere porque se muera una persona a la que quiere. Mira a nuestro padre. Se murió mamá, y luego Maria y luego Elizabeth, y todo eso debió de romperle el corazón en mil pedazos, pero no se murió. Tú no vas a morirte hasta que Dios lo decida, y para entonces tendrás cien años, ya te lo aviso, porque haces mucha falta en este pobre mundo. Si se muere la gente como tú, ¿a dónde vamos a llegar? ¡No puedes morirte!

Anne miró en la oscuridad del cuarto hacia la ventana, por donde entraba una ramita delgada de la luna. Emily y ella nunca habían hablado de la muerte. La muerte era una presencia en sus vidas desde que habían adquirido conciencia, algo tan real como los domingos o la nieve o las noches de luna como aquella. Yacía acurrucada en las tumbas del cementerio que se extendía a sus pies, ante las ventanas de la casa, albergando a todos aquellos seres que un día habían sido alguien y que ahora solo eran una piedra, un alma vagando por la eternidad, y tal vez un recuerdo lleno de nostalgia en algún corazón, los suyos sin ir más lejos cuando evocaban en silencio a William Weightman o a Robert Clayton. Y luego, un poquito más allá, en la iglesia, bajo el suelo de la nave, la muerte se había agarrado a las tumbas de su madre y sus hermanas mayores y permanecía allí quieta. En la casa andaba por todas partes, como una persona más de la familia, deslizándose en la cama fría del padre, en la mesa demasiado vacía a la hora de comer, en la cocina donde no resonaban sus voces, en los tibios asientos junto a la chimenea en los que las ausentes jamás habían vuelto a sentarse para leer o coser. La muerte vivía en la rectoral de Haworth como uno más, con su presencia rotunda e implacable, pero era como un pariente indeseable del que nunca se habla. Su nombre jamás se pronunciaba, ni siquiera cuando se oían con claridad los golpes continuos de John Brown en su carpintería haciendo un ataúd y alguien excavaba un agujero más en el cementerio y padre salía hacia la iglesia a una hora poco habitual para oficiar un funeral.

Anne pensó que, por una vez, se había atrevido a hablar del asunto. Había dicho la verdad —sí, estaba segura de que no podría seguir viviendo si Emily se moría—, y ya no quería volver a mencionarlo.

—Vayamos mañana hasta Top Withens —dijo con entusiasmo, como si no acabase de pronunciar aquellas palabras secretas y prohibidas—. Hace mucho que no subimos, y ahora la nieve se está fundiendo y seguro que al lado de la verja están empezando a salir las bigoteras. Me gusta ver las bigoteras cuando empiezan a brotar tan valientes entre la nieve. Se parecen a ti. Y a Flossie y a Keeper les encantará escarbar entre las ruinas del establo...

Aquella tarde de finales de 1841, Emily leyó la carta de Anne y se dio cuenta de que su hermana necesitaba volver a casa, lo necesitaba tanto como los viejos guerreros de Gondal cuando se arrastraban agotados y maltrechos después de una batalla en busca de un poco de calor y de comida. Se avergonzó de sí misma: estaba siendo profundamente egoísta con aquel afán suyo de no querer relacionarse con nadie. Probablemente recordó como en todo el pueblo la consideraban una soberbia, la vanidosa hija del reverendo que se creía tan superior a los demás que apenas saludaba con un gruñido sordo cuando se cruzaba con alguien y, si veía la menor posibilidad, salía corriendo en otra dirección con tal de no tener que pasar ni siquiera por ese trance. No lo hacía por soberbia, por supuesto, pero era lógico que la juzgasen así. No se comportaba bien, y los errores obstinados acaban haciendo pagar un alto precio a quien los comete. Ahora, con su tozudez y su salvajismo, estaba a punto de arruinar para siempre la vida de sus hermanas. Tal y como se había decidido de una manera tácita tras sus breves y catastróficas experiencias lejos de Haworth, ella podía quedarse allí, cómoda, segura, gozando de tiempo y ánimo suficientes para hacer todas las cosas que le gustaban. Podía quedarse allí con la cabeza muy alta, sin tener que plegar su fiereza ante ningún dueño, mientras Charlotte y Anne se veían obligadas a convivir con extraños y someterse a sus caprichos y renunciar a todo lo que la vida en la casa les ofrecía, igual que mendigas humillándose a cambio de unas monedas. Si ellas consideraban que la solución a aquel drama incesante de la lejanía y el servicio ajeno era crear una escuela y aguantar a un puñado de niñas cursis, lo haría. Claro que lo haría.

—Yo me ocuparé de la intendencia. Y también puedo darles clases de piano. —Lo dijo intentando sonreír, aunque lo que en realidad le salió fue una mueca rara y una voz temblorosa, porque la simple idea de tener que enseñar algo tan profundo, tan violentamente indescriptible y suyo como su manera de interpretar las partituras de Beethoven o del moderno Chopin, le resultaba una tortura a la que no imaginaba cómo sería capaz de enfrentarse.

Convencer al padre y a la tía Elizabeth fue aún más fácil. El reverendo Brontë se plegó resignado al proyecto de sus hijas, consciente de que sus probabilidades de salir adelante en la vida eran cada vez más escasas. A lo largo de los años, Patrick Brontë había hecho muchos planes para Branwell. Él llegaría a ser la gloria de la familia, y, durante mucho tiempo, jamás había tenido ninguna duda al respecto. Sobre el futuro de sus hijas, en cambio, apenas había pensado. Las había visto crecer, simplemente, sin imaginar nada especial para ellas, dando por supuesto que al llegar a los veinte años se casarían, como hacían la mayor parte de las jóvenes que conocía. Tal vez la ausencia de su esposa a su lado le había impedido ver las dificultades para que aquel destino natural y generalmente inevitable se cumpliese. Si Maria hubiese vivido, seguramente las habría educado de otra manera, convirtiéndolas en buenas candidatas para ser las compañeras de algún hombre modesto, a pesar de su obvia carencia de dinero y belleza. Maria les hubiese enseñado a ser dulces y femeninas, a interesarse por los vestidos y los bailes y los últimos diseños en bordados, como solían hacer las muchachas, y a tratar a los hombres con aquella rara y equilibrada mezcla de interés, displicencia y respeto que tan buen resultado solía dar.

Él, en cambio, había criado tres hijas interesadas únicamente en el intelecto y la creación. Desde muy pequeñas, no solo les había permitido leer todo lo que quisieran, sino que incluso las había animado a leer cosas a las que las chicas, y ni siquiera las mujeres adultas, no tenían normalmente acceso: las innumerables crudezas de la Biblia, las descripciones de los vicios humanos hechas por los griegos o por Shakespeare, la visión satírica y ácida del mundo de Henry Fielding o de Jonathan Swift. A los diecisiete años, sus hijas discutían sobre las decisiones del Gobierno con la misma pasión que otras muchas habrían puesto en debatir si las flores que iban a colocar esa noche en su pelo debían ser malvas o amarillas, reflexionaban sobre la Iglesia de Inglaterra y el calvinismo, investigaban en libros sesudos la historia de los rebeldes luditas o asistían a interminables conferencias en el Instituto de Mecánica de Bradford sobre las máquinas de vapor o los últimos descubrimientos de la astronomía. Y luego estaba aquel fuego, la llama de los poetas, el sagrado entusiasmo de los dioses que vivía dentro de ellas y al cual ningún padre con sentido común, ninguna madre preocupada, había puesto límites. Él, por el contrario, lo había alimentado, mostrándoles su orgullo cuando las veía dedicar horas y horas de su infancia y su juventud a sus inagotables escritos. Tal vez hubiera debido cortar de alguna manera rígida esos impulsos tan poco apropiados en unas muchachas, y ahora no serían tan apasionadas y pensativas y aisladas y excéntricas.

Quizá tampoco hubiera debido permitirles las horas infinitas que desde pequeñas pasaban en los páramos, jugando como chicos, acostumbrándose a trepar a las rocas y caminar como si fueran vaqueros y no delicadas jovencitas casaderas. Por no hablar del riesgo que había corrido Emily en aquella inapropiada aventura con el hijo de un tejedor. A veces su cuñada Elizabeth había intentado pararle los pies, obligarle a comprender que no les estaba haciendo ningún bien a las niñas al permitirles que creciesen tan libres y cultas, pero él no había querido hacerle caso y ella no había sabido darle razones convincentes, que hubieran exigido sin duda una intimidad que solo podía existir entre dos esposos y no entre dos cuñados: había muchas cosas delicadas y vergonzantes que una vieja soltera como Elizabeth Branwell jamás se habría atrevido a decirle a un viudo, aunque fuese su propio cuñado.

De todas formas, no podía acusarla a ella. Era él quien se había equivocado en la educación de sus hijas, y ahora estaban allí ante sus ojos, con los brazos colgando y las manos vacías, tres mujeres solteras que ya sobrepasaban los veinte años, tres figuras lastimeras perdidas en el incierto camino del porvenir, girándose incesantemente a un lado y otro en busca de una luz y un refugio para divisar tan solo niebla y abismos y cuevas oscuras. Quizá encontrasen el cobijo necesario en aquel proyecto de escuela, y su sentimiento de culpa le dictaba que debía facilitarles el camino, por mucho que le molestase perder buena parte de su adorada privacidad.

También a la tía Elizabeth le pareció que era un buen plan, algo que podría sacar a sus pobres sobrinas de las tinieblas en las que, según ella, estaban poco a poco internándose, así que lo apoyó con todas sus fuerzas y, en nombre de su hermana muerta y de su propio cariño hacia ellas —por muy inexpresivo que fuese—, se ofreció a prestarles el dinero necesario para poner la idea en práctica.

Todo tenía el aspecto de ir a salir bien. Y, sin embargo, todo había salido mal. Charlotte se preguntaba a menudo qué había sucedido para que un propósito como ese se quedara hundido en medio de un pantano de arenas movedizas que se lo habían tragado, dejando tan solo en la superficie, cuatro años después, las burbujas visibles y aún sonoras del fracaso. Lo habían intentado. Charlotte estaba segura de que lo habían intentado con empeño. Hubo cartas y reuniones con la señorita Wooler, la directora del internado de Roe Head, que les dio buenos consejos, y largas conversaciones junto al fuego del comedor, y tres o cuatro cuadernos llenos de anotaciones y cuentas imaginarias. Y, por supuesto, los meses en Bruselas de Emily y ella misma para mejorar su francés y su alemán.

¿Qué había fallado? Era fácil decir que habían tenido mala suerte. La mala suerte suele ser una gran excusa para muchas de las frustraciones comunes de la vida. Charlotte Brontë sabía muy bien que la vida parece estar dotada de una especial perseverancia para la crueldad. A veces, de manera irreverente, llegaba a pensar que la Providencia se dedica a tallar a golpes el destino de los pobres seres humanos, en lugar de acariciarlos con cierta dulzura. Había tanto sufrimiento, tantas ausencias y dolor físico y necesidades nunca satisfechas, que en sus peores días se sentía rencorosa hacia aquel Dios que hubiera debido permitirse un poco más de suavidad con sus criaturas, al menos, un claro rayo de sol de vez en cuando en medio de la tormenta, un oasis fresco en el desierto, una gran estrella centelleando allá arriba cuando la oscuridad empequeñece los corazones.

Sí, existe la suerte, la buena y la mala, como un Jano bifronte con sus dos caras talladas en la misma piedra, y probablemente nadie pueda atraerse la una ni conjurar la otra, y todo dependa simplemente de esa millonésima parte de un segundo durante la cual tu cerebro decidió que debías caminar hacia la izquierda en lugar de hacia la derecha, hacer una llamada de teléfono en aquel mismo instante en lugar de esperar al día siguiente, arrancar en esa esquina el coche que jamás hubiera debido conducirte a la catástrofe.

Charlotte Brontë conocía muy bien el incalculable valor de la suerte, el brazo alzado que te conduce a la gloria, el brazo hacia lo hondo que te condena al dolor. Pero también pensaba que a menudo somos nosotros quienes hacemos las cosas mal y luego le echamos la culpa al azar. A veces somos cobardes, o incautos, o torpes, a veces incluso retorcemos la clara sencillez de los acontecimientos y tomamos a sabiendas decisiones equivocadas, empeñándonos en añadir nuestros propios golpes malintencionados a los que nos da la vida, como si no tuviéramos bastante con todo lo que es inevitable y anheláramos aún más malestar. Y después, para colmo, nos negamos a aceptar nuestra propia responsabilidad en los desastres.

Branwell, por ejemplo, se pasaba el tiempo quejándose de su mala suerte. Todo le había salido mal, desde luego. Pero, en realidad, era más justo decir que él lo había hecho todo mal. ¿Cuándo se habían torcido las cosas? Charlotte lo recordaba a menudo tal y como era años atrás, en la infancia, un niño flaco y vivaz, con su pequeña cabeza pelirroja alzada sobre un cuerpo larguirucho, como un pájaro que observara el mundo con atención. Branwell había sido la gran esperanza de la familia Brontë, el lugar en el que confluían los deseos de culminación intelectual y de bienestar no solo del padre, sino también de la tía Elizabeth y de las tres hermanas, deslumbradas por el talento incuestionable del único varón. Sería poeta, y pintor, y tal vez abogado de prestigio. Alcanzaría la luna con su buena cabeza y el empuje de todos ellos, que habían puesto a su servicio el escaso dinero y toda la ilusión de la que eran capaces.

Él era el dios de la casa. Inmensamente inteligente, dúctil y encantador, aprendía lo que fuese con una facilidad asombrosa. Ya desde pequeño, su cuerpo menudo cobijaba dentro un espíritu genial. Tocaba el órgano, el piano y la flauta. Dominaba el francés, el griego y el latín. Sabía de botánica y de filosofía. Dibujaba y pintaba como si hubiera nacido con un pincel entre las manos. Recitaba de memoria páginas enteras de Shakespeare, Byron y Shelley. Y escribía, día y noche, sentado al lado de Charlotte, componiendo juntos poemas y narraciones, primero las interminables historias de los Veinte de Glasstown, los personajes de su pequeño ejército de soldaditos de madera, y luego las de los reinos imaginarios de Angria y Northumberland, pasiones, guerras, amores, traiciones, luchas de poder, todo escrito durante años y años con letras de molde en aquellos diminutos cuadernos de letra ilegible, un universo de personajes inventados por ellos, dotados por ellos de vidas agitadas, siempre al límite, tan turbulentas como solo pueden imaginar unos críos despiertos que viven en un pueblo aislado, crecen rodeados de libros y juegan durante horas en medio de los páramos misteriosos e inabarcables. En esa época, Branwell y ella escribían juntos, manejaban los hilos de las existencias de sus personajes como pequeños dioses omnipotentes, disfrutando de sus victorias y sus placeres, sufriendo por sus penas y sus fracasos, mientras Emily y Anne, en su propio rincón de la mesa del comedor, inventaban otro mundo paralelo, que transcurría en el reino de Gondal.

Sí, se suponía que Branwell iba a ser un gran escritor. Él mismo había considerado durante años que sería así, que ese era su destino natural e inevitable. Pero estaba convencido de que no debía hacer nada para lograrlo. Tan solo escribir y esperar pacientemente a que los grandes editores se dirigiesen de manera espontánea hacia él, y las luces de todas las librerías de Gran Bretaña se girasen en un único movimiento para iluminarle, y los lectores saliesen en su búsqueda, atravesando bosques y praderas y ríos, como guiados por un heraldo de los dioses.

Sin embargo, alcanzar el propio destino implicaba subir muchas cumbres, atravesar muchos desiertos, soportar los fríos más paralizantes y el calor capaz de convertirte en un trozo de mineral ardiente. Charlotte lo sabía muy bien. Alcanzar el propio destino, cuando ese destino palpitaba alto y lejos, como una de esas estrellas que laten allá arriba al amanecer, exigía mucha fuerza, mucho orden, mucha dedicación. Y Branwell era débil y desordenado y egoísta. Quizá ellas mismas habían contribuido a hacerle así, concediéndole siempre todos sus deseos y protegiéndole contra todos los males. O tal vez simplemente ese era su temperamento, y la dura Providencia había dispuesto para él aquella tortuosa vida.

De cualquier manera, Branwell se había perdido en medio del largo camino, como si la estrella que debía alcanzar hubiera sido borrada por una niebla persistente. Sus versos nunca llegaron a volar. Se quedaron en esfuerzos de un joven poeta prometedor, fragmentos de traducciones, largos poemas inacabados que abandonaba al cabo de unos meses para iniciar otros nuevos. Lo mismo había ocurrido con su pintura. Los cuatro hermanos habían recibido clases de un retratista que vivía en Bradford y una vez a la semana emprendía el camino hacia Haworth para enseñarles a usar los lápices y el color. Aquello le había costado mucho dinero al reverendo Brontë, pero lo había pagado con gusto, convencido de que desarrollar los talentos artísticos era bueno para el espíritu.

Desde el principio había quedado establecido que Branwell poseía un don especial para dibujar y pintar. Una vez, a los diecisiete años, había hecho un retrato al óleo de sus hermanas y de sí mismo. Él se había pintado detrás de ellas, más alto, como protegiéndolas con su presencia. Luego, un día, cuando el cuadro ya estaba terminado, se arrepintió. Nunca explicó las verdaderas razones. Tan solo dijo que no le gustaba la cara que se había puesto. Y, extrañamente, se borró a sí mismo, tapándose bajo unos rayos de luz que parecían caer del cielo. Ahora el retrato estaba allí, colgado en el despacho del reverendo Brontë, con las imágenes de sus hijas en torno a un libro, vestidas con trajes lisos, con los anchos cuellos de gasa transparente —pasados ya de moda en aquel año de 1834— cubriéndoles los hombros, los rizos rebeldes en torno a las caras y sus miradas de jovencitas serias perdiéndose en el infinito. Y detrás, el fantasma emborronado de su hermano, como una silueta sin rostro más allá de la luz dorada. Ellas solían reírse cada vez que contemplaban el cuadro, burlándose de su seriedad y sus largas narices y sus bocas apretadas y sus vestidos anticuados, aunque siempre quedaba en el aire, entre las risas, algo nunca dicho, el desasosiego que finalmente esa presencia espectral, automutilada, imponía sobre la obra.

Su proyecto de llegar a ser un gran artista se había vuelto a quedar en nada. El talento de Branwell para la pintura, apoyado por el resto de la familia, se esfumó, desapareciendo para siempre de la superficie de la tierra, en cuanto se vio obligado a responsabilizarse de él, a agarrarlo firmemente y convertirlo en algo más valioso y duradero que un juego infantil. Durante unos meses estudió en Leeds con un pintor local. Luego, decidido aparentemente a triunfar, convenció al reverendo Brontë y a la tía Elizabeth para que le diesen el dinero suficiente para viajar a Londres y presentarse a las pruebas de acceso a la Real Academia de las Artes, el único lugar en donde sus elevadas dotes podrían realmente expandirse, según afirmaba. Nadie supo nunca qué había sucedido, pero regresó varias semanas después sin el dinero y, por supuesto, sin haber realizado la prueba. A veces, con aquel gusto por la mentira exculpatoria que poco a poco iba desarrollando, decía que le habían robado por el camino y le habían dejado malherido en medio de los campos. Otras aseguraba que se había presentado al examen y que los miopes y anticuados miembros de la Academia no habían sabido comprender su talento. Charlotte estaba segura de que jamás había realizado esas pruebas. El miedo al fracaso había sido tan poderoso que ni siquiera había llegado a poner los pies en el recinto, consolándose de su cobardía en las tabernas de Londres hasta que el dinero del padre y de la tía, recolectado con un enorme esfuerzo por parte de ambos, se había terminado.

Aun así, hubo un último intento de establecerse como retratista en Bradford un par de años después, cuando él tenía veintiuno. Una nueva y costosa inversión en el alquiler de las habitaciones para vivir y pintar y en todo el material necesario, lienzos, pigmentos, aceites, pinceles, trementinas. Consiguió algunos encargos a través de amigos, pero todo acabó siendo un gran fiasco, a medida que iba dejando cuadros sin terminar y sumando deudas. Una vez más, las dificultades habían sido más poderosas que su voluntad, y todo terminó cuando unos meses después cerró el estudio y regresó a casa en busca de las palabras consoladoras de sus hermanas y las buenas sopas de cebolla de Tabby. Charlotte recordaba que el padre se había enfadado mucho cuando le vio llegar en lo alto de una carreta en la que viajaban su caballete y el resto de sus pertenencias, pero Branwell supo enredarle de nuevo con sus mentiras y sus excusas y sus mil formas de victimismo para volver a ocupar de nuevo el cómodo espacio del dios del hogar, aquel a quien todo le es dado y de quien todas las dificultades son apartadas.

Branwell no soportaba las dificultades, ese era el problema. Cuando las cosas se ponían complicadas, se encogía, se volvía pequeño, y corría a refugiarse como un cachorrillo amenazado. Al principio, cuando aún era joven, regresaba a la guarida de Haworth para dejarse mimar por sus hermanas y recuperar el aliento, hasta sentirse capaz de lanzarse de nuevo al mundo, lleno de jactancia. Luego, a medida que iba cumpliendo años, comenzó a ampararse en el ámbito venenoso del alcohol y las tabernas. Enseguida llegó también el láudano, que podía comprar en las farmacias a un precio más barato que una botella de ginebra, y que a menudo le mantenía día y noche encerrado en una concha, acompañado de visiones absurdas e incontrolables monólogos, seguidos de sueños larguísimos, profundos y mudos como la muerte.

Entretanto, los errores y los tropiezos habían continuado, acrecentando aún más su huida al mundo artificioso de las drogas y los largos vasos de ginebra. Primero ocurrió lo de la compañía del ferrocarril de Leeds a Manchester, cuando consiguió trabajo en la nueva estación de Luddenden Foot y, al cabo de unos meses, faltó dinero en la caja. No había sido él, desde luego. Nadie había tenido ni la más ligera sospecha de que, en su caída hacia la depravación, Branwell hubiera llegado a robar. Era cierto que a menudo adquiría deudas en ciertas tabernas, o con algunos amigos, pero su padre y la tía Elizabeth siempre se habían hecho cargo de aquellas cantidades. El responsable de los pequeños robos había sido su ayudante, pero la culpa a los ojos de la compañía era suya, pues él solía dejarle a cargo de la estación mientras se iba a beber.

Incluso entonces, nadie de la familia vivió aquello como una tragedia. Habían decidido como siempre ser indulgentes, y pensaron que, a fin de cuentas, ese no era un trabajo digno para un joven tan dotado como él. Más tarde o más temprano, tenía que ocurrir algo que lo alejase de allí y lo devolviese al mundo de la genialidad. Se lo habían repetido a sí mismos una y otra vez en voz alta, aunque siempre, cuando alguien pronunciaba aquellas palabras —«Pobre Branwell, cuánto debía de aburrirse en un lugar tan aislado, sin una sola persona civilizada con la que mantener una conversación»—, algo terriblemente incómodo se quedaba flotando en el aire, como el acorde desafinado de un piano que permanece resonando demasiado tiempo, creando un inaprensible malestar. Todos sabían que, en realidad, detrás de los fracasos de Branwell se escondía un drama inmenso que, en algún momento, terminaría por abrirse camino hacia la luz, arrasándolo todo a su paso. Pero nadie quería reconocerlo.

El drama entretanto siguió creciendo: después de su expulsión de la compañía del ferrocarril, tras haber demostrado durante un año entero una vez más que era incapaz de hacer nada valioso con su genialidad, fue contratado como tutor del hijo del reverendo Edmund Robinson, en la misma casa en la que Anne ya trabajaba como institutriz. Las cosas fueron bien al principio, y en Haworth todos respiraban aliviados, pensando que al fin había encontrado un camino seguro, lejos de las altas pretensiones intelectuales y creativas del pasado, pero al menos firme y bien iluminado.

Pero Branwell no podía vivir una existencia común. Cuando la vida era fácil, necesitaba ponerse a hacer tonterías ante ella, como un bufón provocador, hasta despertar su ira. Nada más conveniente en aquella búsqueda de lo extravagante que iniciar una relación amorosa con la esposa de su patrón, diecisiete años mayor que él, que tenía entonces veintisiete. A ojos de la familia Brontë, Lydia Robinson era una mujer inmoral y sin escrúpulos, capaz de volver loco a un joven poco acostumbrado al trato con las damas y de obligarlo a enfrentarse sin ningún apoyo a una situación irresoluble.

Charlotte, sin embargo, culpaba a Branwell de su propia irresponsabilidad, de su falta de moral al enredarse con una mujer casada y de su falta de sentido común al dar por supuesto que algo así podría tener un final feliz. Los sueños venenosos de su hermano. Ella sabía muy bien lo que era sentir cómo te tiembla la voz ante una persona a la que no debes amar. Sabía muy bien cómo era ese dolor de lo inalcanzable, el deseo haciendo que te arda el cuerpo vacío en las noches, que se te agite toda la sangre por dentro, cuando sabes que él está acostado allí cerca, junto a otra mujer, y que si ama a alguien en ese momento, si toca unos pechos y penetra en un vientre, será en el suyo y no en el tuyo, no en tus propias entrañas inhabitadas y absurdas, tendidas temblorosas en la oscuridad con el deseo devorándolas inútil. Sí, Charlotte Brontë conocía muy bien la devastadora añoranza de eso que es necesario para vivir pero que jamás tendrá lugar porque la ley de Dios y la ley de los hombres lo prohíben, y porque todo el sentido común grita que ese amor es dañino e imposible. Y justamente por eso, justamente porque lo sabía, culpaba a Branwell de su inconsistencia. Él hubiera debido agarrar aquella pasión con sus dos manos y encerrarla dentro de su corazón, igual que había hecho ella con un esfuerzo sobrehumano, amordazándola allí en lo hondo, impidiéndole estropear ni un solo minuto de las vidas ajenas. Todavía ahora, cuando ya habían pasado casi tres años desde la última vez que había visto a Monsieur Heger, podía sentir su doloroso amor allí dentro, mordiéndola como un perro rabioso. Pero jamás ni uno solo de sus incesantes ataques la había hecho gritar, pedir ayuda, claudicar ante su furia. Jamás su deseo indecente salpicaría y mancharía a los demás, aunque a menudo se arrepintiese de su propia decencia.

Branwell, sin embargo, había llegado con su amor desgraciado y lo había tirado allí en medio de todos, como una montaña de estiércol que apestase el aire de la rectoral. Siempre había querido ser protagonista de una vida que, una y otra vez, le demostraba que no era la suya. Desde pequeño, no había hecho más que estirar los brazos y abrir los pies, tratando de abarcar un espacio que no le pertenecía, para emprenderla luego a puñetazos y patadas con todo lo que le rodeaba.

En medio de aquella aventura con la señora Robinson, llegó a creerse uno de sus héroes de Angria, el propio Alexander Percy, conde de Northangerland, siempre victorioso sobre los débiles corazones femeninos. Perdió de tal manera el contacto con la realidad que estaba convencido de que Lydia Robinson, acostumbrada a una vida acomodada y respetable a los ojos de todo el mundo, se divorciaría de su marido rico para contraer después matrimonio con él, un joven pobre como las ratas, desprovisto de cualquier futuro.

Como era lógico, un día estalló todo: el reverendo Robinson se enteró de lo que ocurría en su casa. Branwell fue expulsado. Su amada no hizo nada por retenerle y se negó evidentemente a huir con él, así que Branwell regresó una vez más a Haworth llorando como un niño pequeño por su amor perdido y sus sueños frustrados de matrimonio. Era tan débil que no solo no se calló su dolor, sino quc obligó a los demás a compartirlo, narrando una y otra vez sus deliciosas tardes con la señora Robinson y el lento pero inexorable acercamiento de sus cuerpos, describiendo la belleza de su aspecto, la exquisitez de sus ropas y su entorno, la delicadeza del alma noble y pura. Hablaba y hablaba, y luego sollozaba vomitando su desdicha sobre todos ellos:

—¡Dios mío! ¡Mi pobrc Lydia! ¿Cómo va a seguir viviendo junto a ese tirano viejo, cómo va a poder soportar sus abrazos cuando él se empeñe en pasar la noche con ella? ¿Qué va a ser de mí si no puedo tenerla? —Tiraba desesperadamente del sobrecuello blanco, como si se estuviera ahogando—. ¡No puedo respirar! ¡Me estoy muriendo! —Y entonces parecía que iba a desmayarse, y había que tumbarlo en el sofá y aflojarle la ropa, y Tabby o Emily corrían a la taberna del Black Bull en busca de una botella de ginebra, lo único que parecía devolverle a la vida durante unas horas aunque luego, cuando el alcohol se había acumulado en exceso en su organismo, acabase derrumbado sobre una mesa, llorando de nuevo sin consuelo mientras pronunciaba una y otra vez el nombre de Lydia, hasta que se quedaba dormido.

La vida en la rectoral se volvió insoportable. Todo giraba alrededor de Branwell, de sus borracheras de ginebra y de opio, sus vomitonas, sus ataques de llanto, sus llegadas estrepitosas en plena madrugada, sus insultos y manotazos cada vez que alguien intentaba controlarlo o trataba de hacerle recuperar la razón. Una vez le pegó a Emily. Ella era la que más lo cuidaba porque era la que mayor compasión sentía por él. Emily Jane Brontë, adusta y tozuda como un carretero de las montañas, se deshacía en compasión ante la fragilidad del mundo. Podía ser un hombre moralmente destrozado, una niña enferma, un halcón con el ala herida, como aquel Hero al que cuidó y que durante años fue su feroz y amorosa mascota. Cualquier ser vivo que sufriese despertaba en ella una piedad infinita, y, en esos momentos, lo único que ansiaba era curar, abrazar y consolar. Uno de sus poemas de Gondal reflejaba la inagotable ternura de su alma hacia los débiles. Un poema que bien podría haber escrito pensando en su hermano Branwell:

«Bien, algunos te odiarán, otros te despreciarán,
y otros incluso olvidarán tu nombre.
Pero mi corazón triste siempre lamentará
tus arruinadas esperanzas, tu fama marchitada».

Así pensaba yo hace una hora,
sollozando por el infortunio de ese desdichado.
Una palabra detuvo mis incesantes lágrimas
e hizo que en mis ojos brillase el sarcasmo.

«¡Bendito sea el polvo afable», dije,
«que cubre tu obstinada cabeza!
Vano como eras, y débil,
esclavo de la Falsedad, del Orgullo y el Daño,
no es mi corazón como el tuyo,
ni tiene tu alma poder sobre la mía».

Se desvanecieron también esas ideas
impías y embusteras.
¿Acaso desprecio al ciervo tímido
porque sus miembros tiemblan de miedo?

¿Me burlaría del lobo aullando en su agonía
porque su cuerpo es flaco y feo?
¿Oiría con alegría el grito del lebrato
por no ser capaz de morir con valor?

¡No! Entonces, sobre su memoria,
que el corazón de piedad se enternezca.
Digamos: «¡Tierra, sé leve para ese pecho,
y cálido Cielo, concédele a esa alma descanso!».

Emily cuidaba con devoción de Branwell. Le limpiaba las babas y los vómitos, le aguantaba los insultos, trataba de mantenerlo abrazado en medio de sus ataques de llanto. A menudo se despertaba por la noche, a las dos o las tres de la madrugada, y caminaba descalza, de puntillas, hasta su cuarto, para comprobar si había vuelto y estaba dormido, y entonces le quitaba los zapatos y lo arropaba con las mantas y le besaba la frente. Cuando no estaba, Emily Brontë se calzaba las botas, se echaba un abrigo por encima del camisón y salía a la calle, bajo la nieve o la lluvia, iluminándose con un candil mientras bordeaba el cementerio y la iglesia hasta llegar a la taberna del Black Bull. Era incapaz de volverse a la cama sabiendo que Branwell estaba borracho en medio de otros borrachos, llorando, diciendo estupideces, quizá peleándose con alguno. Su adorado Branwell, su hermano genial, el ser más bondadoso, sensible e inteligente del mundo, convertido en aquella ruina patética, abandonado a su suerte.

Cuando la antipática señorita Emily Jane Brontë entraba de pronto en la taberna, era como si hubiese entrado la reina Victoria en persona. Los gritos y los cánticos que un segundo antes podían escucharse desde la calle, colándose como murciélagos a través de las ventanas hacia el exterior, dejaban de sonar de repente. Aquellos hombres perdidos en medio de su pueblerina aventura nocturna trataban de fingir que no ocurría nada, que podían ponerse en pie sin tambalearse y saludarla —Buenas noches, señorita Emily— sin que las lenguas se les enredasen y los alientos apestasen a alcohol. Ella no miraba a nadie. Tan solo se dirigía hacia Branwell, tranquila y cálida como un fuego que hubiese aparecido de la nada en medio de la madrugada helada, y le cogía del brazo.

—Vamos, Bran.

Y él se dejaba hacer, se dejaba llevar por ella igual que un niño pequeño detrás de su madre, sujetándose a veces en los altos hombros de su hermana cuando se tropezaba por el camino, y permitiéndole después que le empujara escaleras arriba hasta su cuarto, intentando impedirle que hiciese ruido, y lo descalzara y lo desvistiera y lo metiese en la cama, desvalido, musitando palabras incomprensibles, mientras ella sentía cómo, a medida que su deber iba llegando al final, las lágrimas le formaban un nudo en la garganta, la tristeza mezclada con el despecho y con la rabia, y un lejano atisbo de esperanza asomando a lo lejos, como un trocito de luna empalidecido por las nubes.

—Mañana hablaré con él. Esto tiene que acabarse pronto. No, mejor dicho, va a acabarse ya. Branwell no puede seguir viviendo así, como un muñeco de paja, como un trapo sucio, como una sombra. Mañana hablaré con él. Cambiará. Seguro que cambiará.

Una noche, sin embargo, cuando su hermana entró en el Black Bull y se acercó a él, Branwell alzó la mano y le dio tal bofetón que la lanzó contra una de las mesas. Emily cayó al suelo en medio de un estrépito de vasos y platos y botellas, pero no permitió que ninguno de los hombres que ya se habían acercado rápidamente a ella la ayudase a levantarse. Se puso en pie sola, firme, más alta que nunca, sin una sola queja a pesar de que los cristales rotos habían saltado sobre ella y tenía algunas pequeñas heridas sangrantes en la cara y en las manos. Volvió a acercarse a Branwell, que ahora, asustado de su propio comportamiento, se dejó llevar tranquilo y mudo, como si una nube de sumisión lo hubiera envuelto, convirtiéndole en una sombra obediente.

Al día siguiente, Emily se levantó con la cara hinchada y las heridas bien visibles. Los demás se asustaron y trataron de obtener una explicación de lo que había sucedido durante la noche, pero ella, agarrada a su deseo de no culpar a Branwell como si fuese la palma del martirio, se negó a hablar. Nadie logró nunca hacerle reconocer a Emily Jane Brontë que su hermano le había pegado, aunque todos dieron por supuesto lo que había ocurrido.

Hacía algunos meses, había estado a punto de causar una desgracia aún mayor. Se había quedado dormido con un cigarrillo encendido en las manos, y su cama había comenzado a arder. También esta vez fue Emily quien lo rescató. Una voz sobrenatural la había avisado del peligro en mitad de su sueño, decía ella, y la había obligado a precipitarse a la habitación de su hermano, donde el fuego había prendido ya en la colcha y amenazaba con alcanzar las maderas de la cama y el colchón de lana. Ella lo apagó con el agua del lavamanos y una manta sin que Branwell ni siquiera se despertase. Desde entonces, el propio reverendo Brontë dormía con él, vigilándolo como si fuera un niño pequeño, soportando su agresividad mientras lo empujaba como podía hasta la cama y trataba de arroparlo allí. Algunas noches, ellas le habían oído gritar mientras el padre intentaba acostarlo:

—¡Déjame salir! ¡Déjame ir a la taberna, cabrón! ¡Aquí va a morir alguien! ¡O tú, o yo!

Luego se oía la voz del reverendo —Vamos, Branwell, acuéstate de una vez— y los ruidos que los dos hombres hacían en aquel combate del uno contra el otro, mientras las hermanas permanecían con los ojos abiertos en la oscuridad, echadas ya en sus camas —Charlotte y Anne, juntas en la habitación de la derecha, Emily, en su diminuto cuartito sobre la entrada—, vigilando por si la violencia de Branwell iba a más y sintiendo sobre el pecho aquella inmensa losa que apenas las dejaba respirar, el miedo y la pena y la decepción y la vergüenza, una losa infinitamente más pesada que la de la muerte.

Por las mañanas, mientras Branwell dormía, al fin en paz, el reverendo Brontë se dirigía con pasos vacilantes a la iglesia, apoyándose en su bastón a lo largo del sendero húmedo que cruzaba el cementerio, y allí, de rodillas, le pedía a Dios una y otra vez que no le abandonase. Ese era su gran temor. Había soportado con paciencia, aceptando humildemente la voluntad divina, la muerte de su esposa y de sus dos hijas mayores. Pero ahora se sentía demasiado viejo para resistir aquella tempestad que arrasaba su casa. Había cumplido ya los sesenta y nueve años, y solo ansiaba un poco de paz.

Todo había sido combate y soledad, largos años de soledad sacando adelante a sus hijos sin la compañía de su adorada Maria, y no creía tener fuerzas para prolongar la lucha más allá. Había agachado la cabeza ante las ausencias, había rezado por innumerables muertos y dado la bienvenida al seno de la Iglesia de Inglaterra a muchos recién nacidos, había recorrido centenares de kilómetros de hielos y barro para visitar a los enfermos y los pobres del Señor, había reflexionado tanto y tanto sobre las palabras de la Biblia para hacerlas comprensibles a las mentes de sus fieles que le parecía que tenía derecho a un poco de descanso. Sin embargo, aún se veía obligado a llevar más allá su vigor, su tenacidad y su resignación, llevar consigo aquellas viejas cualidades de su alma hasta donde Dios quisiera, tirando de ellas como de una soga cargada de piedras. Lo haría si esa era su voluntad. Pero le pedía, le suplicaba humildemente, postrado como una hormiga a sus pies, que el esfuerzo no fuera demasiado costoso y, sobre todo, que no acabase con su fe.

Patrick Brontë era un hombre muy inteligente. Tanto que, a pesar de haber nacido en una familia campesina y pobre del norte de Irlanda, había conseguido estudiar Teología en la Universidad de Cambridge, empujado únicamente por su enorme talento, que le había permitido gozar de la protección económica de ciertos patronos que pagaron sus estudios, y por su anhelo de dedicar su vida a algo más luminoso para su espíritu que plantar patatas, segar campos de hierba y ordeñar vacas.

Pero ni su inteligencia ni la enorme cantidad de lecturas de todo tipo que había hecho a lo largo de los años, sin cerrar sus ojos a lo más impío o a lo más rebelde, le habían llevado a dudar ni un solo instante de la existencia de Dios. Quizá fuese que el propio Dios le había elegido, señalándole con el dedo para dejar caer sobre él la gracia de la fe. A quienes no poseemos esa gracia, suele llamarnos la atención que las personas lúcidas sean creyentes. Pensamos que es normal que rece con devoción aquel que no tiene nada y encuentra consuelo en la vida del más allá. Los desposeídos del mundo, que tal vez, de ser cierta la mitología, vivan al fin bienaventurados y prósperos en el cielo. Aceptamos con cierta superioridad intelectual que crean también los obedientes, los sumisos, todos esos seres que, entre el día en el que abren los ojos a la luz y el día en que los cierran para hundirlos definitivamente en la oscuridad, no han hecho más que aceptar lo que los poderosos les han dicho que deben aceptar, los fideístas que jamás se cuestionan nada de lo afirmado por la autoridad, llámese cura o imán o gurú o rabino, padres o abuela, maestra o gobernante. Pero ¿qué hacemos con los lúcidos y los inteligentes, los capaces de razonar y criticar, los que no se resignan a lo establecido y, sin embargo, creen? ¿Cómo podemos comprender que en un mundo de terremotos y holocaustos y matanzas y tifones, en un territorio de dolor y miserias injustificables, haya gentes sabias que aún pueden creer en Dios? Simplemente, nos callamos, desconcertados, constatándolo con el mismo asombro con el que descubrimos que esa mujer de voz extraordinaria, esa soprano que interpreta a Brahms o a Schubert o a Richard Strauss con tanta delicadeza que parece vivir dentro de la música y de las palabras que pueblan la música, es luego, cuando el canto termina y los instrumentos callan y las partituras han sido cerradas, boba y grosera.

El reverendo Brontë formaba parte de ese grupo, tal vez el de los elegidos. Estaba convencido, sin la menor sombra de duda, de que allá arriba había un Creador hacia el que debíamos dirigirnos humildemente, encaminando nuestros pasos en la vida terrenal a gozar de su divina presencia en la eternidad. Había atravesado todos los obstáculos y las penalidades rodeado de esa confianza como de un halo que brillase a su alrededor y le protegiese del mal, con la cabeza agachada, el corazón dolorido y el alma ardiente de fe. La simple posibilidad de que la duda se despertase un día en su espíritu siempre le había aterrado. La fe era en efecto la columna de su vida, la raíz que le mantenía sujeto y en pie frente a todos los vendavales. Si esa certidumbre se resquebrajaba alguna vez, el reverendo

Brontë sabía que todo su ser se desmoronaría y se precipitaría hacia el infierno que él más temía, no el de los demonios y las calderas hirviendo, sino el de la ausencia de Dios. Hasta ahora, había logrado soslayar ese peligro. Pero la depravación de su hijo estaba a punto de terminar con la firmeza de su fe. Así que los rezos de aquel anciano asustado se habían vuelto una mezcla de petición de auxilio para Branwell y para sí mismo. Aunque siempre reservaba un momento, por supuesto, para sus hijas, cuya salud tan frágil temía que se viera afectada por la lucha constante para frenar y soportar el comportamiento de su hermano.

Charlotte Brontë terminó de planchar la última camisa de Branwell. Anne subía en ese momento la escalera, pálida, con los labios entreabiertos esforzándose por respirar. Estaba sufriendo un ataque de asma, una de aquellas crisis durante las cuales el aire parecía no llegarle más allá del paladar, negándose a seguir su camino hacia los pulmones. Charlotte vivía con el temor constante de que su hermana terminase por ahogarse en uno de esos ataques. Se dirigió hacia ella para sostenerla.

—¿Te encuentras mal?

La voz de Anne sonaba mate y llena de sombras cuando se ponía así:

—Un poco de asma, no es nada. Voy a echarme un momento.

Charlotte la acompañó hasta el dormitorio. Eran más de las nueve, y el sol seguía sin ser capaz de decidir si se quedaría a pasar el día sobre Haworth y los duros páramos de Yorkshire o tal vez se alejaría en busca de alguna tierra más al sur. Tres halcones volaban en lo alto, por encima del cementerio, lanzando sus gritos agudos, y los cuervos se habían puesto a graznar desesperadamente, tratando de espantarlos para que no les comiesen las crías. Por el camino que subía junto a la escuela dominical, hacia el taller de John Brown y los montes más allá, caminaban un par de niñas cogidas de la mano, sucias y harapientas pero felices, lanzando al aire sus risas sonoras como campanas. La señora Woolf se paseaba entre las tumbas, con su nuevo bebé en el regazo, exhalando vigor y descaro. Los rosales que crecían junto a la pared de la iglesia parecían desbordarse de capullos. Todo estaba bien aquella mañana del 16 de julio de 1846, tranquilo y bien. Anne se recuperaría enseguida.

Charlotte se sentó a su lado en la cama, observando su respiración penosa con el corazón encogido, y trató de hacerla reír:

—Te pareces a Flossie. Así, con esos rizos encima de las orejas, pareces un cocker spaniel.

Anne tuvo un breve espasmo de tos al tiempo que se reía. Flossie, que sin duda había escuchado su nombre desde el comedor, con ese finísimo sentido del oído del que suelen gozar los perros, había subido ya a la habitación y trataba de trepar a la cama. Charlotte la dejó, sabiendo que su presencia animaría a su hermana. La respiración iba ya sosegándose, volviendo a encontrar su lugar en el pequeño cuerpo de la mujer.

Charlotte empapó un pañuelo en agua de colonia y se lo entregó.

—Quédate un rato descansando. ¿Qué hay que hacer?

—Hay que ir a comprar carne. Tabby ya está regañando porque aún no hemos ido y no le dará tiempo a preparar el asado.

—De acuerdo, ya voy yo.

Con su discreto vestido de algodón gris, un chal sobre los hombros para protegerse del frescor que aún persistía a media mañana y la capota de verano, adornada tan solo con un ramito de flores malvas, Charlotte Brontë se dirigió a la calle principal de Haworth, hacia la carnicería del señor Cullers. Le gustaban esos paseos matinales para hacer algún recado, la sensación de tener un objetivo y estar realizando algo útil, la agradable familiaridad de la gente con la que se cruzaba, saludando aquí y allá, preguntando por la salud de los familiares o la actividad de la mañana. Era agradable tratar con gente conocida, personas que te habían visto crecer o a las que tú habías visto crecer, libre de la necesidad de fingir una soltura que ella no poseía o de desenterrar de su mente, como si estuviese rebuscando una pieza valiosa en un baúl lleno de trapos, alguna frase brillante, más allá de la mera cortesía.

Quien no es tímido tal vez no logre entender el sufrimiento de las personas que padecen ese mal, una tara profunda que bloquea y aleja y estigmatiza. El tímido vive en constante tensión, asustado por las miradas ajenas como si fuesen armas amenazándole. Teme ser visto y ser escuchado, y su propia ansiedad le lleva a mostrarse aún más torpe, a parecer más antipático y engreído, o más tonto y lento de mente. Las hermanas Brontë tuvieron que soportar toda su vida ese padecimiento. Emily y Anne terminaron por adaptarse a él, y amoldaron sus vidas a aquella limitación. Emily fue la salvaje, la huraña, la mujer insociable que no se trataba con nadie, huidiza y solitaria como una liebre de los páramos. Anne se plegó en cambio a la dulzura y la modestia, esas virtudes tan aplaudidas en los tiempos victorianos, aparentando ser una joven que apenas hablaba ni levantaba la vista ante los otros por un exceso de humildad y discreción y el deseo de no imponerse. Vivieron dentro de esos límites con cierta comodidad, agazapadas allí como en un refugio que las protegiese de las agresivas intromisiones ajenas. Charlotte, sin embargo, siempre entregada al combate entre las dos partes opuestas de su espíritu, luchó infatigable contra su propia tendencia al aislamiento y el silencio, y obtuvo a cambio de aquel enorme esfuerzo la recompensa de poseer amigos, auténticos amigos y amigas que la quisieron y la cuidaron y le hicieron compañía en los momentos más negros de su vida.

Aquella mañana, mientras bajaba la colina hacia la carnicería y compraba tres libras de carne de buey —ni la más cara ni la más barata, como correspondía a la posición que la familia Brontë ocupaba en el pueblo, a medio camino entre los ricos propietarios de las tejedurías y los obreros pobres—, mientras regresaba despacio hacia casa, observando cómo las preciosas lilas de la señora Bowen ya se habían marchitado, y entraba en la botica a comprar una pastilla de jabón de flor de caliza, mientras saludaba a un lado y otro tratando de evitar los excrementos de los caballos aún humeantes sobre el camino, Charlotte Brontë, agradecida por toda aquella facilidad de lo conocido, pudo seguir reflexionando sobre su proyecto de la escuela, retomando el hilo de los pensamientos que había abandonado para ocuparse de Anne.

Realmente, la culpa del fracaso había sido de Branwell. Su simple existencia impedía llevar a cabo un proyecto como aquel. Aunque en enero de 1844, cuando ella volvió definitivamente de Bruselas, su hermano aún estaba trabajando en Thorp Green, como tutor del hijo de Lydia Robinson, inmerso en su absurda aventura amorosa, la posibilidad de que regresase en cualquier momento con sus dramas, sus deudas, sus borracheras y sus largos sueños de láudano hacía casi imposible que ellas pudieran organizar una escuela en la rectoral.

Sí, había sido en ese momento, tras su vuelta del continente, cuando todo empezó a desmoronarse. Se sentía exhausta, agotada del esfuerzo que había tenido que hacer durante un año entero, estúpidamente, para no dar ningún paso que la condujese a los brazos de Monsieur Heger y a la perdición. Y ahora que estaba lejos de él, quizá ya para siempre, se arrepentía de no haberlo hecho, de no haberse convertido acaso en la puta de su maestro, pecadora pero sabia y saciada de su deseo. ¿De qué había servido todo aquel sacrificio? Se suponía que la mujer que actúa rectamente, la que evita la tentación y se mantiene inflexible en el camino de la castidad, debe sentirse luego satisfecha y colmada de su propia integridad. Eso decían los libros y las palabras de su padre y de todos los reverendos y moralistas del mundo. Sin embargo, ella solo percibía vacío y náuseas, el dolor insoportable de la ausencia del amado, que le retorcía el vientre, castigándola por su inutilidad. Se iría a la tumba, cuando le llegase el momento, virgen y virtuosa, como una santa católica, pero también inútil y desprovista de lo más valioso, dejando tras de sí una vida no vivida.

A veces, sentada en el comedor con su tarea de costura, mientras veía llegar la oscuridad a través de la ventana, tenía la sensación de que la casa se estaba deshaciendo lentamente sobre su cabeza, gota a gota, diminutos pedazos de yeso y piedra cayéndole encima uno tras otro. Aunque nadie se daría cuenta hasta que ella estuviese allí tumbada entre los escombros, inexistente al fin.

Era toda aquella pena, el fracaso y los límites. Los terribles límites que jamás lograría sobrepasar. Había dedicado dos años de su vida al proyecto de escuela que debía salvarlas a ella misma y a sus hermanas de la miseria, la espantosa figura que les esperaba a la vuelta de la esquina. Pero ahora, cuando las tortuosas posibilidades de la realidad se habían alzado frente a ella, ya no se sentía con fuerzas para seguir adelante y emprender otra vez el difícil camino de curvas y desvíos y rodeos que podría tal vez permitirle llegar más allá de ellas, incólume y libre.

De nuevo estaba encerrada en la cárcel invisible de la vida femenina, incapaz de encontrar ninguna escapatoria. Tal vez hubiera podido irse. Hubiera podido regresar a Bruselas, cerca de Monsieur Heger, y buscar un trabajo como profesora de inglés, aunque Madame Heger no quisiera volver a aceptarla en su internado. De haber sido más egoísta, quizá más fuerte y autónoma, habría conseguido desaparecer de la vida sórdida de Haworth, librarse de todo aquel dolor y aquella rabia, iniciar una existencia nueva en el continente, donde apenas le llegarían los ecos de las borracheras de su hermano y las noches transcurrirían plácidas, sin sobresaltos ni angustia. Pero no se sentía capaz de dejar todo aquello detrás, a cargo de Emily y Anne, que jamás abandonarían a su hermano y a su padre en medio de la desolación.

Una vez, Mary Taylor le había dado a entender que tal vez la relación tan estrecha entre los miembros de la familia Brontë no era del todo sana. Mary era una buena amiga. La quería de verdad, y no le había dicho aquello para hacerle daño. Ella estaba a punto de irse a Australia, donde había buenas oportunidades para las mujeres con ganas de trabajar, y quería librar a Charlotte de aquel peso que le parecía que llevaba encima, el peso inmenso de la rectoral de Haworth, con todas sus necesidades y sus anhelos.

Quizá Mary, que era un espíritu libre, tuviese razón desde el punto de vista de alguien a quien los afectos familiares le influían lo suficiente como para no convertirse en un ser depravado, pero no tanto como para frustrar definitivamente sus propios planes. Pero los Brontë no eran así. Durante los largos meses de enfermedad de la madre, durante los tristes días oscuros de su muerte y la de sus hermanas, durante los interminables años de su ausencia pesando como una nube negra sobre sus infancias, los hermanos se habían criado juntos, sin separarse ni un minuto, ni de día ni de noche. Charlotte recordaba muy bien cómo habían sobrevivido a todo aquello cogiéndose siempre de la mano los unos a los otros.

Habían creado entre todos ellos un nido, igual que pequeños pájaros aportando ramitas al hogar común. Y ese nido albergaba a todos los miembros de la familia, pero también incluía las propias paredes de la casa, el paisaje que se veía a través de las ventanas, la niebla alrededor de la torre de la iglesia, la nieve silenciosa de los páramos. Ellos y el paisaje y la casa componían una unidad. Y cuando faltaba una pieza de ese conjunto, cuando uno de ellos se alejaba de los demás llevado por la necesidad, el resto se resquebrajaba.

Tal vez no fuera sano. Ni natural. Quizá esa dependencia les impidiera hacer cosas que la gente común solía hacer, ser felices en lugares de los que hubieran podido disfrutar de no ser por la ausencia de los otros, pero era así, y no se podía hacer nada por cambiarlo. Es más, Charlotte no quería hacer nada por cambiarlo. Nada de lo que el mundo pudiera ofrecerle, ni riquezas, ni celebridad, ni amor, era para ella tan valioso como la compañía de sus hermanas por la noche, en torno al fuego del comedor.

Incluso cuando, a veces, había tenido el absurdo sueño de que Madame Heger estaba muerta y él, su amado, venía entonces a llamar a su puerta y la pedía en matrimonio, incluso en esos momentos de tonta ensoñación, no había dejado de pensar que vivirían allí, en Haworth, siempre al lado del resto de la familia.

Sin embargo, ahora sentía que Branwell sobraba en aquella casa. Deseaba que ya no estuviese allí, interrumpiéndoles las vidas a todos, que se hubiera ido lejos, que se lo tragase la tierra. Estaba tan enfadada con él que la mayor parte de los días no le dirigía la palabra, ni siquiera en sus mejores momentos. Sí, aún había ratos en los que su angustia parecía templarse, y entonces se sentaba a escribir, como en los viejos tiempos, y hablaba de enviar de nuevo sus poemas a Coleridge, que había sido tan gentil con él años atrás, y se enredaba explicando lo que iba a hacer cuando terminase la novela que tenía entre manos, basada en las antiguas historias de Angria que ambos habían creado juntos.

Emily y Anne fingían creerle, y le animaban a que les leyera fragmentos y les explicase lo que iba a suceder en las siguientes páginas, alabándole como si fuese un príncipe de las letras. Pero ella no se molestaba en contestarle. Sabía que todo era mentira, Branwell entero era una mentira terrible, un sueño inútil que había terminado por convertirse en una pesadilla. No lograba perdonarle por la estúpida manera como había desperdiciado su talento y sus oportunidades. La vida le había permitido que desplegara sus alas de hombre y volara tan lejos como quisiera, mientras ella y sus hermanas se veían obligadas a amputárselas y llevar a rastras el dolor. Y él, sin embargo, se las había arrancado a pedazos voluntariamente, a conciencia, y ahora les tiraba a ellas encima aquellos trozos sanguinolentos y les exigía que le lamiesen las heridas.

Mientras caminaba hacia casa aquella mañana del 16 de julio de 1846, con su paquete de carne y la pastilla de jabón, Charlotte pensaba que todos esos obsesivos recuerdos eran aplastantes y ensuciaban sin compasión su porvenir. Deseaba ser capaz de liberarse de ellos y regresar a la infancia anterior a las muertes, cuando a sus espaldas y ante ella solo existía la nada prometedora, aquel infinito campo verde sobre el que jamás debía derramarse ninguna tempestad. Es penoso cómo la memoria se empeña a veces en pisotear nuestra vida. La utiliza como su campo de pruebas, como un caballo galopando en un lodazal, y nos amarga el presente, arrasándolo, y nos destruye la esperanza de un futuro en paz. Es difícil aprender a vivir lejos de su mira, aislados de su tiranía. Es difícil levantarse por la mañana y decir hoy es hoy, sin ataduras, solo existe este momento presente, este día que se extiende ante mí con su luz y su oscuridad, y nada de lo sucedido ni de lo que deba suceder después proyectará ni un instante de sombra sobre él. Vamos llevando a rastras los recuerdos, los empujamos como Sísifo una y otra vez hasta la cumbre de la montaña para ver cómo caen de nuevo a nuestros pies y nos obligan a volver a comenzar.

La prestigiosa experiencia no es más que una tontería. La roca de Sísifo, hecha de malas interpretaciones y casualidades y azarosos momentos de fortuna o de fatalidad, que nos empeñamos en perseguir y alzar sobre nuestras cabezas, como un faro que pudiese iluminarnos pero que, en realidad, solo proyectará fantasmas y siluetas diluidas y visiones imperfectas que nos impedirán aprender a ver en las tinieblas, como topos olfateando los peligros.

Charlotte Brontë trató de sacudirse los restos de toda aquella desazón mientras entraba en la casa y dejaba la compra en la cocina y subía a ver a su hermana pequeña, que ya se había incorporado en la cama y jugaba con Flossie. Anne se levantó para ayudarle a colocar la ropa planchada en los armarios y las cómodas. Caminaba casi de puntillas y abría los cajones con cuidado, intentando no despertar a Branwell, que aún dormía en la habitación del reverendo Brontë. Pero Charlotte irrumpió en el cuarto sin contemplaciones, negándose a mirar a su hermano, aunque no pudiese evitar ver la cabeza hundida en la almohada, el brazo largo sobre la colcha, con la mano pálida abierta en un gesto de demanda. Sintió una punzada de compasión, el viejo deseo de colmar aquella mano de bienes y devolverle la paz que un día había poseído. Pero evitó enredarse en ese sentimiento perturbador, que los mantenía a todos paralizados, dependientes los unos de los otros, incapaces de atravesar aquel círculo de sufrimiento que los rodeaba y alzar la vista más allá.

En el reloj de la escalera sonaron las diez. El sol estaba al fin templando los campos, y podrían salir a dar un largo paseo hasta la cascada. En la cocina, Emily acababa de echarle la pimienta al asado. Tenía un don especial para calcular la cantidad exacta que hacía falta para que al reverendo no le pareciese ni mucha ni poca, algo que no era especialmente fácil. De entre todas las tareas de la casa que había asumido con tranquilidad desde años atrás, al menos cuando Charlotte y Anne estaban ausentes, el tiempo en la cocina era la que más le gustaba. Solía aprovechar para hacer otras cosas, estudiar alemán o escribir. Pero, sobre todo, le entusiasmaba escuchar a Tabby cuando tenía un buen día, aunque eso era cada vez menos frecuente a medida que ella iba cumpliendo años y añadiendo nuevos dolores a los viejos. Aun así, todavía algunas mañanas se decidía a contarle historias de fantasmas, relatos de familias destruidas, cuentos de bosques misteriosos, cosas del pasado que Tabby sabía porque a ella, a su vez, se las habían contado durante su infancia su abuela y las vecinas ancianas.

Entre aquellas leyendas, había una que a Emily le gustaba espcecialmente, una que había escuchado mil veces desde niña, con los ojos muy abiertos y la imaginación volando sobre los páramos y por el interior de las salas de Ponden Hall, la mansión encaramada en lo alto de la colina de Harbour, que parecía flotar en la niebla como el castillo de un cuento medieval. La casa había pertenecido a una familia que fue desposeída de todos sus bienes por un intruso al que ellos mismos habían criado. Emily no se cansaba de escuchar a Tabby narrándole aquella historia de envidias, traiciones y codicia, la crónica de aquel muchacho surgido un día de la nada, que había crecido allí y que, años más tarde, tras haber desaparecido durante mucho tiempo, había regresado con una fortuna propia y había logrado engañar al heredero de Ponden Hall para quedarse con la propiedad y, además, casarse con la hija pequeña de la familia. Había, cómo no, violencia, un suicidio y un fantasma errante que durante años había recorrido la mansión sollozando por todo lo perdido.

Cuando era niña, cada vez que Tabby le contaba esa historia, Emily terminaba dando vueltas en su cama, imaginando aquellos sucesos, poniendo rostros a los personajes y otorgándoles palabras y pensamientos. Era como si, durante años, hubiera estado escribiendo en su mente el relato de Ponden Hall. Y ahora que Charlotte la había convencido para hacer una novela y tal vez publicarla, aquel viejo asunto infantil que creía haber olvidado había reaparecido en su cabeza, como si hubiera ido adquiriendo vida allí dentro a lo largo del tiempo, al margen de su consciencia. Cuando se ponía a escribir, tenía la sensación de que todo aquello estaba escondido en ella. Simplemente, tenía que rebuscar e ir sacándolo a la luz, como un mineral precioso oculto bajo capas de tierra que ella misma fuera descubriendo poco a poco.

A Charlotte le preocupaba la crudeza de lo que estaba escribiendo. Pobre Charlotte. A medida que pasaban los años, se iba volviendo cada vez más delicada, más temerosa de las opiniones ajenas. Con su amor oculto por aquel Monsieur Heger de mente refinada, lleno de teorías sobre la poesía y el artificio, era incapaz de comprender la energía pura, al margen de cualquier cortesía, de cualquier convención, de cualquier prejuicio, que sustentaba el amor entre Catherine Earnshaw y Heathcliff, aquella fuerza radical y desnuda, como la pasión de los ciervos en primavera.

Charlotte no podía ni imaginar que todo aquello procediera de Robert Clayton. Tantos años después, a Emily todavía le costaba pronunciar ese nombre, y cuando a veces lo decía, a veces, allí sola junto a la cascada, era como un gemido inútil, como un grito de auxilio que no llegaba a ninguna parte, que rebotaba en el vacío y volvía de nuevo a ella, cubierto de espinas. Dios sabía cuánto le había amado, cuánto le amaba cada día de su vida, llevándolo dentro de sí como si cargase con un tesoro oculto.

Robert Clayton había sido el compañero de juegos de su infancia, cuando tenían doce o trece años. El hijo de un obrero pobre de las tejedurías, que paseaba solitario por los páramos en lugar de dar patadas con los demás chicos a un balón de trapo y que, lentamente, se había unido al grupo de los hermanos Brontë. Representaba con ellos las historias que escribían en casa. Él era Alexander Elbë, y ella su amada, y él la buscaba entre las rocas cuando ella era secuestrada y luchaba para rescatarla contra las hordas de los rebeldes y la llevaba dulcemente en sus brazos a lo más alto de la torre de su castillo.

Luego habían dejado de jugar, cuando llegó el tiempo del pudor. Pero ellos dos seguían viéndose, inevitablemente, lejos del pueblo, seguían buscándose el uno al otro en medio de los páramos, bajo la niebla, y una fuerza sobrenatural los reunía, allí donde no se divisaba nada, salvo gotas diminutas en el aire, vapor y frío velándolo todo. Se echaban en las piedras, junto a la cascada, muy cerca el uno del otro, sintiendo cada uno de ellos la calidez del cuerpo amigo, la vibración de la carne por la que fluía enérgica la sangre, y permanecían allí en silencio, mirando el agua y el cielo, los pájaros y los brotes de las plantas. Y sentían que ya no eran dos seres, sino uno solo con todo lo demás, formando parte de ese ámbito en el que ocurren todas las cosas sencillas que emanan del Creador, aterradoramente bellas.

Una noche —Emily tenía quince años, y aún creía ingenuamente vivir en la edad de la inocencia—, durante la cena, el reverendo Brontë le hizo saber que al día siguiente debía irse al internado de Roe Head, donde Charlotte estaba dando clases. No le explicó los motivos, pero ella supo, por su manera de apartar la vista, como si se avergonzase, por la dureza terrible de su voz, que alguien los había visto juntos y se lo había contado a su padre: la hija del párroco se paseaba a solas por los montes con un muchacho pobre y salvaje.

Tres meses después, cuando enfermó de nostalgia y regresó a casa, él ya no estaba. Emily nunca logró saber qué había ocurrido. Debían de haberlo mandado lejos, a algún lugar donde los muchachos pobres y salvajes no pudieran mezclarse con las hijas de los reverendos. Durante meses lo buscó desesperadamente. Volvió día tras día a la cascada. Vigiló su casa desde la distancia. Recorrió el pueblo arriba y abajo, tratando de descubrirlo escondido en alguna parte. Luego, en diciembre —el 14 de diciembre de 1836, jamás olvidaría esa fecha—, él murió, y ella asistió a su entierro desde la ventana de su habitación, detrás de las cortinas, con un pañuelo metido en la boca para que no se oyeran sus sollozos. Aquella noche escribió el llanto de la esposa de Alexander Elbë por su marido muerto.

Frío en la tierra. ¡Y la profunda nieve amontonada
[sobre ti!
¡Lejos, lejos, apartado, frío en la triste tumba!

¿He olvidado acaso, único Amor mío, amarte,
endurecida al fin por la ola del Tiempo que todo lo
[desgasta?

Ahora, a solas, ¿ya no vuelan mis pensamientos
sobre las montañas, hasta esa costa de Angora,
descansando sus alas allí donde el brezo y los
[helechos cubren
tu noble corazón para siempre y siempre?

Frío en la tierra. Y quince inviernos salvajes,
llegando desde esas colinas pardas, se han fundido
[en primaveras.
¡Fiel en verdad es el espíritu que aún recuerda
tras tantos años de cambios y dolor!

Dulce amor de mi juventud, perdóname si te olvido
mientras la marea del mundo me arrastra lejos.
Otros deseos y otras esperanzas me asedian
y te ensombrecen, es cierto, aunque no pueden
[dañarte.

Ningún sol ha vuelto a iluminar mi cielo,
ninguna estrella ha brillado más para mí.
Toda la dicha de mi vida me la dio tu vida tan
[querida,
toda la dicha de mi vida yace a tu lado, en tu tumba.

Pero cuando los días de sueños dorados terminaron,
cuando ya ni la Desesperación podía destruirme,

entonces aprendí a apreciar la existencia,
a fortalecerme y nutrirme sin alegría.

Detuve las lágrimas de la pasión inútil,
alejé mi joven alma del deseo de ti.
Firmemente, rechacé su ardiente anhelo
de precipitarse a tu tumba, ya más que mía.

Y ahora aún, no quiero dejarla languidecer,
no quiero que se abandone al arrebatado dolor de
[los recuerdos.
Si volviese a embriagarme de esa angustia divina,
¿cómo podría regresar de nuevo a este mundo vacío?

Charlotte y Anne terminaron de colocar la ropa y bajaron a la cocina, donde Emily terminaba de fregar algunos cacharros mientras vigilaba con el rabillo del ojo el asado. Les recomendó que se calzaran las botas. Aunque hacía sol, los días anteriores había llovido y seguramente encontrarían barro por el camino. Tabby había ido a llevar la ropa sucia a casa de la lavandera, pero estaba a punto de regresar, así que podían salir ya.

Antes de cruzar la puerta, Emily envolvió alrededor del cuello de Anne el echarpe que ella se había puesto al levantarse, anudándoselo bien para que la brisa no se lo llevara y dejase expuesta al aire aquella pavorosa fragilidad de su hermana que tanto la asustaba. Salieron por la puerta trasera, directamente hacia los campos vacíos alrededor de Haworth y los páramos desnudos más allá, extendiéndose bajo el sol apacibles, sacudidos sin embargo de manera invisible por toda aquella misteriosa vida diminuta que bullía bajo las rocas y al borde de los arroyos, tenaces plantas llenas de coraje, lagartos pétreos y resistentes insectos, arañas, escarabajos, saltamontes, abejas de los brezos, todos ellos cumpliendo silenciosa y dignamente su destino en la tierra. Al atravesar el patio, Emily silbó con fuerza un par de veces, hasta que Keeper y Flossie aparecieron junto a la verja saltando y agitando las colas, dispuestos a proseguir la larga aventura de aquella mañana de verano.

Caminaron hacia el noroeste, más allá del páramo de Emmon, abandonando las praderas verdes de los alrededores del pueblo para internarse en la tierra pedregosa y dura, reconociendo con la vista las viejas rocas sobre las cuales habían jugado tantas veces en la infancia, convirtiéndolas en fortalezas o barcos. Bordearon los riachuelos y atravesaron con cuidado las grandes manchas de los helechos y los ásperos brezales, admirando el dorado de las aulagas y de las retamas en flor, que se amontonaban allí donde la tierra les procuraba el alimento más adecuado, como niños tranquilos en torno a una bandeja de galletas. Las grandes aves rapaces planeaban sobre sus cabezas, lanzando sus poderosos chillidos. Fueron adentrándose en aquel paisaje abrupto que era el suyo, como almas que se fundieran en el aire blanquecino, deshaciéndose ellas mismas en cielo y piedra y agua y azor.

La cascada, una vez pasadas las fecundas semanas del deshielo, parecía ahora demasiado calmada, disminuida en su furia. Buscaron las piedras en las que solían sentarse o tumbarse, silenciosas y en paz. Cerraron los ojos bajo los rayos del sol, sintiendo la tibieza cosquilleándoles en los párpados. Se oía el rumor menguado del agua. Las rapaces habían desaparecido, reposando en sus nidos. Una alondra —la bendita ave de Shelley— volaba en lo alto, trinando como si estuviera celebrando que el cielo era solo para ella.

Charlotte recordó el poema de Emily que tanto le gustaba. Cuando estaban seleccionando los textos para el libro, su hermana, que jamás hablaba de sus versos, les había confesado que lo había escrito allí, en la misma piedra en la que ahora estaba recostada. Había cargado con su tablilla y el papel y un par de plumas, llevando el tintero cuidadosamente en la mano ante sí, como si portase una ofrenda a los dioses. Siempre había querido escribir algo allí, junto a la cascada —les había dicho—, en la bendita soledad de ese lugar que le era tan querido. Estaba segura de que su inspiración fluiría al mismo ritmo que el agua, y, por lo visto, no se había equivocado.

Aun censurada, siempre regreso
a los viejos sentimientos que nacieron conmigo.
Abandono la búsqueda agitada de riquezas,
los vanos sueños que nunca ocurrirán.

Ya no busco la región de las sombras.
Monótona se expande su estéril vastedad,
y legión tras legión se alzan mis visiones
y me acercan, qué extraño, el mundo irreal.

Caminaré, mas no sobre viejas huellas heroicas,
no por los senderos de la alta moralidad,
no entre rostros inciertos,
nebulosas formas del rancio pasado.

Caminaré adonde mi naturaleza me lleve,
pues me humillaría elegir otro guía.
Allí donde pastan entre helechos los grises rebaños,
allí a la montaña, donde brama el viento salvaje.

¿Qué importantes secretos revelan los montes
[solitarios?
Gloria y aflicción inenarrables.
La Tierra al despertar el corazón humano
une ambos mundos, el Cielo y el Infierno.

Sin darse cuenta, Charlotte había pronunciado los últimos versos en voz alta, como solían hacer a menudo cuando eran crías y subían hasta allí y declamaban sus poemas, jugando a ser grandes autores en los salones donde nacen los prestigios. Emily se echó a reír.

—¿Por qué dices mis versos y no los tuyos?

—Porque los tuyos son mejores.

—Vaya, ya sabes que no me gustan esas cosas...

Se sonrojó. Aún no había logrado acostumbrarse a la idea de que tal vez, según se empezaba a rumorear, era mejor poeta que sus hermanas. En realidad, no le gustaba esa idea en absoluto. Charlotte era competitiva y orgullosa, lo sabía muy bien. Aunque deseaba que las tres llegasen a ser grandes escritoras —tan solo las tres, ahora que Branwell ya estaba descartado—, en absoluto pretendía renunciar a sus propios logros, y no le hubiese importado que esos logros la llevaran más lejos que a sus hermanas. Seguiría tirando por ellas esforzadamente, como siempre había hecho, animándolas y organizando planes conjuntos, pero, al mismo tiempo, podría aceptar sin avergonzarse su propia superioridad. Ella no. Emily Brontë no aspiraba a ninguna gloria. Si alguien se la hubiese ofrecido, si una comitiva de sabios hubiese llegado hasta ella con una corona de laurel firmemente tendida para ceñírsela en la cabeza, ella se habría dado la vuelta y habría corrido a refugiarse allí, junto a la cascada, escondiendo la cabeza bajo las rocas como uno de aquellos lagartos que tanto le interesaban.

Si había aceptado publicar el libro de poemas —y ahora también la novela que estaba escribiendo—, había sido por no decepcionar a sus hermanas, no porque ella tuviese ningún interés en que nadie leyese todo aquello. ¿Qué les importaban a los demás sus visiones, sus ansias, la voz inclemente de su imaginación? Nunca había comprendido el deseo de celebridad que, por lo visto, perseguía a tantos escritores. Se preguntaba de qué raro pozo lleno de falsos tesoros extraían esa vanidad, el empeño de ser leídos y juzgados y malinterpretados e hipócritamente aplaudidos. Emily era descreída. Y lúcida respecto a su propia extrañeza. Estaba segura de que, en toda Inglaterra, no había ni siquiera un puñadito de almas semejantes a la suya, gentes que vibrasen al mismo tiempo que ella leyendo sus poemas, que pudieran entonar la misma melodía sin ninguna afectación.

De hecho, cuando supo que Charlotte había descubierto sus dos cuadernos de poemas, se enfadó muchísimo. Creía tenerlos perfectamente escondidos debajo de su colchón, porque nadie más que ella arreglaba nunca su cama. Sin embargo, su hermana, siempre metomentodo y ansiosa por organizar las vidas ajenas, se las había arreglado para encontrarlos. Emily había copiado en ellos, en limpio, los mejores poemas de Gondal, y algunos otros más maduros, que nada tenían que ver ya con el viejo reino olvidado. Charlotte se había quedado boquiabierta leyéndolos. Debía de haber conocido alguno en el pasado, pero ya no se acordaba. Hacía años que ya no se leían unas a otras sus escritos como cuando eran unas crías. Quizá el tiempo las había vuelto prudentes y vergonzosas.

Tuvo la sensación de estar profanando un santuario. Emily tenía tanta contención dentro de sí como uno de esos viejos gatos misteriosos que permanecen tumbados al sol con aire de saberlo todo. Dentro de ella se escondía algo inmensamente secreto y poderoso, un espíritu insólito que ni siquiera se revelaba ante sus hermanas. Toda aquella energía oculta tan solo la había expresado en sus poemas. Había allí cosas que Charlotte jamás habría sospechado, visiones y éxtasis más propios de una beguina medieval que de una mujer nacida en los tiempos modernos, y esa rara manera de sentirse unida al mundo, a los pájaros y a los árboles y a las piedras, formando parte de todo ello, como si su conciencia trascendiese lo humano para alcanzar a todas las criaturas de Dios, animadas e inanimadas.

No vivo condenada año tras año a la desolación
ni al desespero, hazlo saber a mis tiranos.

Cada noche llega a mí el enviado de la Esperanza
y, a cambio de esta breve vida, me ofrece la eterna
[libertad.

Llega con los vientos del Oeste y los aires errantes
[de la tarde,
con ese claro polvo del cielo que trae las más grandes
[estrellas;
los vientos se vuelven pensativos y las estrellas arden
[tiernamente,
y se alzan entonces las visiones, matándome de deseo.

Deseo de algo desconocido en mis años jóvenes,
cuando la Alegría enloqueció de terror al
[vislumbrar las lágrimas futuras,
y el cielo de mi espíritu se llenó de cálidos destellos
sin lograr saber si venían del sol o de la tempestad.

Pero antes, quietud total, silenciosa calma
[descienden sobre mí.
Termina el sufrimiento tenaz, la feroz impaciencia.
Una música muda conforta mi pecho, indecible
[armonía
que solo perdida ya la Tierra cabría imaginar.

Amanece entonces lo Invisible. Lo Oculto revela su
[verdad.
Mis sentidos se alejan, y despierta mi esencia más
[profunda.

Libres son sus alas, llegada al fin a casa, alcanzado
[el puerto.
Calibra la bahía, e inicia encorvada el último envite.

Oh, qué espantoso momento, qué intensa la agonía
cuando el oído vuelve a oír y los ojos a ver,
y el pulso late y la mente piensa,
y el alma siente la carne y la carne sus cadenas.

Pero no quiero, no, una tortura menor.
Más me atormenta esa angustia, mayor placer me
[otorga.
Divina es la visión, heraldo acaso de la muerte,
cubierta de infernal fuego o de resplandor celeste.

¡Dios mío! A pesar de que se trataba de uno de los poemas juveniles de Gondal, había una fuerza en él que Charlotte no había encontrado en ningún poeta moderno. Se quedó allí leyendo, atónita, sentada en la cama de la pequeña habitación, olvidada del tiempo. Hasta que su hermana abrió inesperadamente la puerta y la encontró con su cuaderno entre las manos y los ojos brillantes. Emily tardó unos segundos en comprender lo que estaba ocurriendo, y entonces se abalanzó hacia ella sin decir ni una palabra, le arrancó el cuaderno de las manos, recogió el otro que estaba sobre la cama y corrió escaleras abajo. Enseguida se oyó el ruido de la puerta principal al cerrarse y sus silbidos llamando a los perros.

Charlotte sabía que su hermana estaba enfadada. Pero no le importaba. Aún sentada en su cama, le parecía que estaba teniendo una revelación. Había visto el libro, con las letras bien grandes en la portada, Charlotte, Emily y Anne Brontë, *Poemas*. Ese era el Plan. ¿Cómo no se había dado cuenta hasta entonces? Tenían que hacer una selección de los poemas de cada una de ellas y publicarlos conjuntamente. Sería una sorpresa en el mundo literario, tres hermanas oscuras y provincianas capaces de escribir desde un rincón perdido del norte de Inglaterra poemas como aquellos, tensos, rotundos, alejados por completo de la blandura propia de lo que muchos consideraban poesía de mujeres. Se les abrirían todas las puertas, y podrían iniciar unas carreras literarias que solo Dios sabía hasta dónde podrían llevarlas. Anne y ella no necesitarían ya seguir buscando trabajo. No tendrían que volver a separarse, se quedarían allí, en Haworth, al lado las unas de las otras, y sus viejos mundos imaginarios, las antiguas voces persistentes a lo largo de tantos años, les darían de comer. Quizá incluso podrían permitirse de vez en cuando algún lujo. Las invitarían a Londres, irían a la ópera y a los museos. Y un día ella regresaría a Bruselas y quedaría con Monsieur Heger en algún salón de té, y entonces le entregaría sus libros dedicados, «A mi maestro», para que él supiese todo lo que había hecho crecer dentro de ella y se sintiera orgulloso.

Emily tardó horas en regresar. Cuando lo hizo, estaba empapada y tranquila, como siempre que volvía de sus largos paseos a solas por los páramos. Bajo los vientos y los aguaceros, junto a las grandes rocas inmóviles y los arroyos vibrantes, Emily Brontë encontraba una paz que le pertenecía únicamente a ella, como si todos los conflictos de su mente se deshicieran en medio de la dureza mineral, y el alma se quedase descarnada y pura.

Aun así, Charlotte no se atrevió a decirle nada hasta el día siguiente. Dejó pasar las horas hasta que la hoguera que ardía en la cabeza de Emily se apagase definitivamente. Por la noche, después de cenar, mientras ella remendaba medias y sus hermanas escribían, lo dejó caer sin preámbulos:

—Son muy buenos.

Emily no levantó la cabeza. Siguió trazando letras ruidosamente sobre el papel. Fue Anne, con la que Charlotte se había puesto previamente de acuerdo, quien continuó la conversación con su voz pálida:

—Siempre se lo he dicho. Es una gran poeta.

Las palabras de la hermana mayor tardaron en abrirse camino a través de su boca, como si tuviera que empujarlas con todas sus fuerzas:

—Creo que sería una buena idea publicar un libro de poemas de las tres.

Ahora sí que Emily interrumpió su escritura. Se puso en pie, más blanca que nunca la piel alrededor de los ojos, que brillaban como si tuviera fiebre.

—¡Ni hablar! ¡Yo no! ¡No cuentes conmigo! ¡Nadie va a leer nunca mis poemas! ¡Tú ya lo has hecho, y no me gusta! ¡Nadie más volverá a hacerlo! ¡Mis poemas son solo para mí! ¡No necesito que me aplaudan!

Anne, segura de que sabría calmarla, intervino:

—Emily, yo también quiero publicar. Charlotte y yo lo hemos hablado. Sería bueno para nosotras, y quizá nos abriría un camino para el futuro.

Emily la miró como si no la comprendiera, aunque su voz sonó ya más calmada:

—¿Tú también quieres publicar? Pero ¿qué sentido tiene? Explicádmelo. ¿Estáis deseando que os juzguen y os critiquen y os señalen con el dedo? ¿No os basta con vosotras mismas como lectoras? Jamás he podido entender ese deseo de publicar, que es como desnudar el alma delante de los demás. Yo me moriría de vergüenza si alguien desconocido pudiese ver mi alma desnuda.

Charlotte, segura de que el enfado se estaba desvaneciendo y que solo quedaba ya la verdad profunda, el miedo de su hermana a las miradas ajenas, decidió oponerle la otra verdad, la de su situación desesperada:

—Emily, no puedes ser tan poco razonable. No se trata de miedo, ni de vanidad, ni de nada parecido. Se trata de que necesitamos ganarnos la vida. Anne y yo tendremos que volver a irnos como institutrices en un par de meses. Podemos conseguirlo escribiendo.

Emily no pareció amilanarse.

—No mientas, Charlotte. Tú sí que quieres la celebridad. Siempre has querido que reconozcan tu talento. Yo solo aspiro a seguir escondida. Publica tú, si eso es lo que deseas. Publicad vosotras. No os juzgaré, no diré nada. Incluso me sentiré orgullosa cuando el libro aparezca. Pero a mí dejadme en paz.

Anne intervino para hacerle entender el argumento al que Charlotte y ella habían estado dando vueltas.

—No puedes hacernos eso. Te necesitamos. Tú eres la mejor de las tres. No puedes quedarte fuera. Sin ti, el libro perderá la mayor parte de su sentido.

Emily Brontë se quedó callada, e inclinó de nuevo la cabeza sobre su cuaderno, fingiendo que volvía a escribir. Sus hermanas esperaron en silencio. Había pasado tal vez media hora cuando volvió a hablar:

—De acuerdo. Yo no considero que sea mejor que vosotras, pero publicaré mis poemas si eso os parece imprescindible. —Anne se puso en pie de un salto para abrazarla. Ella la detuvo con un gesto—. Pero pongo una condición. Y tendréis que jurarme las dos que la respetaréis toda la vida: publicaremos con seudónimos. No soportaré la humillación de que me manoseen el alma y luego me la tiren encima, violada y sucia y triste.

No hubo manera de convencerla. Por mucho que sus hermanas, ansiosas de disfrutar de su propia identidad, insistieron y trataron de darle todos los argumentos posibles, Emily Brontë se mostró totalmente inflexible. Nadie sabría nunca que ella era algo más que aquella mujer rara y solitaria que caminaba por los páramos en compañía de sus perros y apenas cruzaba palabra con ningún ser humano que no fuesen los miembros de su propia familia. La extraña hija del reverendo, que pelaba patatas en la cocina mientras repetía frases en alemán y ni siquiera asistía a los servicios dominicales por no tener que saludar a sus vecinos. Siempre preferiría que la creyesen boba o loca antes que permitir que descubriesen la fragilidad y los sueños que vivían dentro de su cabeza.

Anne no tardó en ponerse de su parte, aliviada en el fondo al pensar que tampoco a ella nadie la reconocería. A Charlotte le costó mucho más aceptar la extrema exigencia de su hermana, que le impediría disfrutar de una pequeña vida pública como escritora. Pequeña: ya no soñaba, como en el pasado, junto a Branwell, con altas estatuas de mármol elevándose sobre las cabezas de las gentes comunes. Era consciente de que su propia timidez y su falta de costumbre en el trato social le hubieran impedido disfrutar de la celebridad. Pero sí que ansiaba un poco de reconocimiento, una luz leve iluminándola si alguna vez llegaba a pasar entre otros escritores. Soñaba con poder saludar un día a Lord Tennyson o a William Thackeray, aunque estaba segura de que le latiría tan fuerte el corazón que sería capaz de hacer el ridículo y desmayarse en presencia de aquellos gigantes. Soñaba con que alguien, tímida y discretamente, le dijese en voz baja, señorita Brontë, he leído su libro y debo decirle que me ha hecho usted muy feliz. Solo eso. Sentir que había un espejo en el cual podía mirarse con orgullo, sin verse fea y baja y aburrida.

Sin embargo, a lo largo de las horas de conversación de aquella noche decisiva en la vida de las hermanas Brontë que duró hasta el amanecer —Branwell llegó en algún momento tropezándose y maldiciendo, y ellas se quedaron calladas y quietas, temerosas de que las descubriera y les estropease el momento—, Charlotte terminó por convencerse de que esconder su verdadera personalidad detrás de un seudónimo no sería tan malo. Sería desde luego más cómodo, como sostenían sus hermanas, seguir llevando su agradable existencia anónima, y poder acudir a los conciertos y las conferencias habituales en Halifax o Keighley sin ser señaladas con el dedo e interpeladas.

Pero lo más importante para ella era que podrían engañar a los críticos sobre su sexo. Desde pequeña, Charlotte Brontë había sido lectora habitual de reseñas literarias, y sabía perfectamente que las mujeres que se atrevían a escribir no eran juzgadas de la misma manera que los hombres. Cuando en la portada de un libro figuraba un nombre femenino, quienes lo enjuiciaban tendían a hacer consideraciones morales y a establecer un tono general de menosprecio o, en el mejor de los casos, de indulgente paternalismo. Ella quería ser juzgada tan solo por su obra, sin que la forma de su cuerpo afectara a las opiniones ajenas. Utilizar seudónimos que diesen a entender que los autores de los poemas —y de los libros futuros que sin duda llegarían— eran probablemente hombres sería una manera de burlar aquellos prejuicios. Ya vendría el tiempo de desvelar la verdad, cuando Emily cambiase de opinión. De momento, con su tozudez habitual, se había agarrado a aquella idea y la había enraizado profundamente en el suelo, convirtiéndola en un pilar inamovible que ni un terremoto habría sido capaz de derribar.

En los siguientes días, la elección de los seudónimos había provocado mucha diversión y largas risas alrededor de la mesa del comedor. Finalmente, optaron por jugar con sus propias iniciales y adoptar ciertos nombres excéntricos que darían a entender la masculinidad de los poetas, aunque nadie podría estar del todo seguro de que aquellos raros apelativos no correspondiesen a tres mujeres. Charlotte se convirtió en Currer, Emily pasó a ser Ellis y Anne fue Acton. Como apellido común eligieron el de Bell. Fue Charlotte quien lo propuso, después de otras muchas sugerencias, y aquella ocurrencia le provocó a Emily un ataque de hilaridad. Bell era el segundo nombre del nuevo coadjutor de su padre, Arthur Bell Nicholls, un hombre serio, de aspecto compulsivamente rígido, que, como ellas ya habían observado, se sonrojaba cada vez que se cruzaba con Charlotte, igual que si estuviera vislumbrando a la mismísima diosa del amor.

—¡Esto es una premonición! Acabarás casándote con él. Y yo no podré asistir a la boda, porque, en cuanto el reverendo pronuncie ese nombre, no seré capaz de contenerme y me dará un ataque de risa.

—¡Qué tontería, Emily! ¿Te imaginas que pueda llegar a casarme con ese irlandés aburrido y beato? —Y no lo dijo, pero hubiera deseado añadir: que no le llega ni a la suela de los zapatos a mi brillante y apasionado y adusto Monsieur Heger, el único hombre del mundo del que querría llamarme esposa, si eso fuese posible.

La decisión de publicar los poemas sacó a Charlotte del estado de apatía en el que estaba hundida desde su regreso de Bruselas, aquella paralización de la vida que la había dejado incapaz de saber hacia dónde debía dirigir su existencia. De pronto, todo había cobrado sentido. Tenía un proyecto, un proyecto importante que abría nuevas expectativas tanto para ella como para sus hermanas, y eso la llenó de energía y de ganas de actuar. No hacía tanto de aquello, había sido el otoño anterior, y ahora ya estaba todo terminado. Se había mostrado eficaz y organizada, y se sentía satisfecha por haber sido capaz de utilizar esas cualidades de su espíritu, el sentido práctico y una cierta astucia, de las que sus hermanas carecían por completo.

Durante varios días, a primera hora de la mañana cruzó las colinas camino de Keighley, hundiendo los pies en el barro, y buceó entre los estantes de la biblioteca del Instituto de Mecánica hasta que encontró una editorial que le pareció adecuada, Aylott and Jones, una pequeña compañía londinense que parecía publicar a menudo obras poéticas de autores desconocidos. La breve correspondencia mantenida con ellos le hizo comprender que solo pagando ellas mismas la edición llegaría el libro a ser publicado. Hubo que destinar treinta y una libras con diez peniques —una pequeña parte del legado de la tía Elizabeth—, cuidadosamente enviadas a través del banco, seleccionar los poemas, corregir las pruebas y esperar luego una tensa eternidad hasta que al fin, en mayo de aquel mismo año de 1846, hacía tan solo unas semanas, había llegado un paquete que contenía tres copias del libro. Tres pequeños volúmenes encuadernados en verde agua, con aquellos tres nombres extraños encabezando el breve resumen de tantas noches de trabajo conjunto en el comedor de la casa, una vida entera de anhelos y sueños y resignaciones y desesperación. Mirándolos en fila sobre la mesa, relucientes e intocados, Charlotte tuvo la sensación de que allí dentro, en las páginas de papel frágil, estaba contenida una buena parte de sus almas, la pasión de Emily, la calma de Anne y su propia rebeldía. El magnífico poder de la imaginación, el refugio y el tormento de las hermanas Brontë.

Le hubiera gustado sacar el libro a la luz, colocarlo en el centro mismo de la casa, iluminarlo igual que los católicos iluminan permanentemente a sus santos. Pero era imposible. Incluso dentro de la propia familia, debía permanecer secreto: habían decidido que Branwell jamás llegaría a enterarse de que habían conseguido publicar algunas de sus obras. Aquello sería una gran humillación para él. Las tres estaban de acuerdo en que no solo no le serviría de estímulo, sino que le hundiría aún más, obligándole a enfrentarse a su propio fracaso. Así que todo se mantenía en silencio —los poemas ya publicados y las novelas que ahora estaban escribiendo—, como si jamás ninguna de ellas hubiera dado un paso que hubiese podido llevarlas ni un milímetro más allá del triste lugar cubierto de fracasos y torpeza que Branwell ocupaba en el mundo.

El padre, en cambio, sí que lo había visto. Muertas de miedo, le habían avisado algunas semanas antes de la publicación. Tomaban el té con él, y fue Charlotte la encargada de anunciárselo, con la voz temblorosa, mientras Anne le sujetaba fuertemente la mano por debajo de la mesa.

—Papá, tenemos que decirte una cosa. —El reverendo Brontë se la quedó mirando expectante y apretó las gafas contra el arco de su nariz, como si tratase de ver con más detalle la expresión de su hija—. Emily, Anne y yo... Nosotras... vamos a publicar un libro... Un libro de poemas. Pero no tienes que preocuparte, no hemos firmado con nuestros nombres...

Pudieron ver el relámpago de ira atravesándole los ojos durante un segundo, y el temblor en la boca, como si estuviera a punto de empezar a gritar. Pero no lo hizo. Logró contenerse y, simplemente, se levantó y se fue de la habitación, abandonando la taza todavía llena y humeante encima de la mesa como una prueba de su disgusto.

Durante los siguientes días, no mencionó el asunto, como si jamás hubiera oído aquellas palabras. Era una mala señal. Cuando llegaron los ejemplares, dejaron uno en su despacho por la mañana sin decirle nada, mientras él estaba en la iglesia. Le oyeron llegar y encerrarse allí como de costumbre. Permanecieron esperando en el comedor un par de horas, aterradas, en silencio, sin atreverse a mirarse las unas a las otras, como un grupo de personas aguardando las noticias del médico que visita al enfermo. Charlotte fingía coser, Emily miraba a través de la ventana, en pie, quieta, las manos recias firmemente cruzadas a su espalda, y Anne daba vueltas limpiando algo, recolocando de nuevo lo ya colocado veinte veces, mientras en su mente tomaba forma la idea absurda de que el padre jamás saldría del despacho, de que se quedaría allí para siempre convertido en estatua de piedra, avergonzado del atrevimiento de sus hijas.

Por fin se abrió la puerta del estudio. Sonaron sus pasos atravesando el vestíbulo y enseguida apareció en el umbral, alto, pálido, llameándole sobre la cabeza el pelo escaso. Las hermanas contuvieron la respiración, transmutadas de pronto en tres niñas pequeñas que aguardasen muertas de miedo la reacción paterna a una travesura gigantesca. Les sudaban las manos y se les habían quedado secas las bocas. Pero Patrick Brontë sonrió, las miró de una en una y luego hizo un gesto de aprobación con la cabeza, y se giró de nuevo hacia la puerta. Antes de que se fuera, Charlotte consiguió recuperarse:

—No le cuentes nada de esto a Branwell, papá, te lo rogamos. No queremos herirle.

El reverendo levantó una mano para tranquilizarlas y volvió rápidamente a su despacho, incapaz de decir ni una sola palabra que demostrase el infinito orgullo que sentía en aquel momento, la indescriptible satisfacción de saber que él, que también había escrito y publicado poesía en su juventud, había traído al mundo a aquellas hijas llenas de talento. Se había arrepentido tantas veces de cómo las había educado, creyendo que las había dejado desvalidas en mitad de la vida, y ahora, de pronto, todo aquello había adquirido sentido y valor, y, de alguna manera, justificaba su existencia. Estaba seguro de que nada de lo que le pudiese ocurrir de allí en adelante le causaría un placer semejante.

Volvieron del paseo cansadas y hambrientas. Se había hecho tarde. Emily se fue a la cocina para ayudar a Tabby en los últimos preparativos de la comida, y Anne llamó a la puerta del despacho de su padre para avisarle de que en unos minutos se sentarían a la mesa. Charlotte subió a dejar los chales y los guantes en las habitaciones. Mientras colocaba sus cosas en el cajón de la cómoda, no pudo resistirse a la tentación. Abrió el libro y buscó entre sus poemas:

Hay quien alcanza un gran placer
arriesgándose a un dolor mayor;
si yo obtuviese tu amor esta noche,
mañana me enfrentaría a la muerte.

Si el fragor de la batalla lograse
una dulce mirada de tus ojos,
¡cómo ardería este corazón valiente
al emprender la embriagadora lucha!

Benditas noches sin sueño
y días de fría matanza,
si yo pudiese creer que tú llorarías
al oír narrar mis peligros.

Dime, si con errantes huestes
deambulase yo, muy lejos,
¿viajarías tú en espíritu
hasta esas tierras distantes?

Fiera y larga suena la trompeta;
ordéname, dime que me vaya
allá donde Siek y Briton luchan en combate,
junto al río Sutlej, en India.

La sangre ha teñido las aguas del Sutlej
de rojo intenso, lo sé;
las orillas del Indo rebosan de tumbas,
aun así, ¡mándame que vaya!

Aunque llegue hasta el cielo el humo
de ese holocausto de los pueblos,
yo me uniría alegre a las huestes condenadas,
si tú me lo mandases.

El poder de la pasión armaría mi brazo,
su ardor excitaría mi vida,
y la fuerza humana se rendiría asustada
ante ese terrible hechizo,
como los árboles caen frente a la tempestad.

Si, exhausto de la guerra, buscase tu amor,
¿me darías acaso la espalda?
¿Osarías reprobar mi arrebato
con desprecio y exasperante orgullo?

No, mi voluntad someterá
la tuya, altiva y libre,
y el amor amansará tu altanera alma,
sí, el más tierno amor por mí.

Veré mi victoria en tus ojos,
la veré, y probaré ese cambio;
y luego, acaso, abandonaré mi noble premio
para acudir de nuevo a las armas.

Moriré cuando la espuma esté en lo alto,
el brillante vino chispeando;
no esperaré hasta que en la copa agotada
reposen solo los posos de la aburrida vida.

Cuando el Amor me haya coronado con la más
[dulce recompensa,
y la Esperanza bendecido con la mayor abundancia,
subiré a mi montura, empuñaré la espada,
¡y pereceré en el ataque!

Charlotte torció el gesto al ver de nuevo la errata en el último verso, *perceré.* Dios mio, su ansia de perfección era un don maldito. Ahora le gustaría volver a escribir todos sus versos, uno tras otro, y a menudo se avergonzaba cuando los leía allí, impresos ya para siempre, sin remedio, e imaginaba lo que pensarían de ella algunos de los poetas a los que tanto admiraba si llegaban a leerlos. Aunque tal vez no fuesen tan mediocres... Aquello era como subir y bajar montañas incesantemente, un momento de gloria en las alturas, creyéndose majestuosa y deslumbrante, y al momento siguiente, el más negro de los pozos, donde todo era malo y ridículo.

Tenía que bajar a comer. Volvió a colocar con resignación el libro en el cajón de la cómoda, entre su ropa blanca. Dentro, bajo la cubierta, cuidadosamente dobladas, las dos reseñas que habían aparecido. «Un rayo de sol», decían, «buena, honesta, refrescante, vigorosa poesía, sin afectación enfermiza, sin ñoñería, sin imitaciones tediosas de acordes familiares, sino pensamientos originales, expresados en el lenguaje verdadero de la poesía». A Dios gracias, aquellos críticos no sabían que las autoras eran mujeres. De haberlo sabido, habrían dicho exactamente lo contrario y habrían hablado de poesía ñoña, afectada e imitativa... Sí, definitivamente, Emily había tenido una buena idea al exigir el anonimato para sus poemas. La voz de Tabby llamando a comer resonó en toda la casa.

Eran más de las tres y media del 16 de julio de 1846 cuando todo estuvo fregado y recogido. El reverendo Brontë había vuelto a su despacho. Tabby dormía un poco en la cocina, en aquella postura incomprensible que tanto le gustaba, con la cabeza reclinada hacia atrás y apoyada en una repisa. Charlotte, Emily y Anne se instalaron al fin en el comedor, igual que lo hacían cuando eran pequeñas: los manguitos apretados alrededor de las muñecas, los cuadernos abiertos ante ellas y sus escritorios portátiles limpios y preparados, brillantes las tintas, afiladas las plumas, amontonados los trocitos de papel secante. Anne y Charlotte se sentaron a la mesa, y Emily ocupó el sofá, donde le gustaba escribir reclinada, colocando su pequeño escritorio en el suelo, al alcance de la mano, y el cuaderno encima de una tablilla de madera sobre sus rodillas encogidas.

Cada día, cuando iniciaban el trabajo, Charlotte no podía evitar sentir un latigazo de orgullo. A fin de cuentas, ella era la responsable de que aquello estuviese ocurriendo. Desde que había tomado la decisión sobre los poemas, había entrado en una especie de estado febril que la había llevado cada vez más lejos. Era como si las alas que durante años y años se había visto obligada a mantener ocultas ahora estuviesen desplegándose y adquiriendo poder. Como si el fuego interior, siempre combatido, pudiera al fin arder sin que nada lo detuviera.

Primero habían sido los viejos versos, ahora debían ser las nuevas novelas. Era una cuestión de estrategia. Mientras que la poesía se iba convirtiendo en el refugio de un pequeño grupo de lectores, el género novelístico, en cambio, parecía adquirir cada vez mayor importancia. Se hablaba de autores que habían conseguido incluso hacerse ricos con sus obras. Y de muchos que, al menos, llevaban vidas relativamente acomodadas. Se mencionaba a

Charles Dickens y a William Thackeray y a George Borrow, y a otros muchos por los que los editores se estaban peleando, ofreciéndoles cuantiosas sumas a cambio de sus obras. Londres bullía de novelistas, y de sensibles hombres de negocios deseando publicarles. ¿Por qué no habrían de lograrlo ellas? La publicación de sus poemarios les había demostrado que era posible, que bastaba con tener un trabajo de calidad y quizá, al principio, un puñado de billetes para pagar la edición. Ahora, además, el nombre de los hermanos Bell ya circulaba en los ambientes literarios. Habían dejado de ser unas oscuras desconocidas pueblerinas, sin contactos ni padrinos, para convertirse en unos jóvenes poetas prometedores, y eso haría que el proceso de publicar y atraer la atención de los críticos fuese aún más fácil de lo que lo había sido la primera vez. Y Charlotte Brontë confiaba ciegamente en su capacidad y la de sus hermanas para escribir tres buenas historias. Habían creado ya muchas a lo largo de los años y, aunque fueran irregulares obras juveniles, les habían servido para aprender el arte difícil de construir un relato y dotar de alma a los personajes.

Anne y Emily habían aceptado el reto con ganas. Al fin y al cabo, era lo que siempre habían hecho, aunque ahora la perspectiva de publicar lo envolviese todo en cierto halo de seriedad. Pero si

Charlotte tenía razón, si lograban ganar un poco de dinero con sus obras, aquel sería un magnífico modo de ganarse la vida. Siempre bajo la apariencia de los imaginarios hermanos Bell, por supuesto: Emily seguía mostrándose inflexible a ese respecto.

Así que, cada tarde desde el mes de mayo, después de haber terminado sus tareas, se reunían como siempre en el comedor para enfrentarse cada una a su historia. Era como en los viejos tiempos, cuando aún eran muy jóvenes y el placer del día, después de los juegos en los páramos, se concentraba allí, en aquella habitación caliente, bajo la luz de la chimenea y de las velas, mientras la imaginación y el ansia de escribir rodeaban con sus manos la mente de cada uno de los hermanos Brontë y los obligaban a verter sobre el papel todas las imágenes que se agolpaban dentro de ellos, como bosques de palabras creciendo firmes en el anochecer. Era como si la vida no hubiese pasado, llevándose por delante tantas ilusiones, y todo volviese a comenzar en algún remoto punto de la juventud, cuando todo era aún firmeza y confianza, el mundo extendiéndose ante ellos lleno de luz y de solidez. Habían logrado describir un arco, y regresar, tras tantos errores y tropiezos, al punto de partida.

En aquella imagen conocida y reconfortante, faltaba sin embargo Branwell, por supuesto, y a veces no podían evitar recordarle, divisar la sombra ahora lejana del niño pelirrojo que ocupaba siempre la esquina, más excitado y comunicativo que ninguna de ellas, más dispuesto a leer en voz alta sus versos, a discutir las tramas de las sagas de Angria y de Northangerland, a alardear de sus contactos con las revistas literarias y los periódicos, aquellas cartas que escribía una tras otra, adjuntando sus poemas copiados en limpio o proponiéndose como redactor, y a las que casi nunca recibía respuesta.

Aquel día del 16 de julio de 1846, su hermano se había levantado tarde, como de costumbre, mientras ellas y su padre y Tabby estaban ya comiendo. Ni siquiera le habían visto. Le habían oído gritar a solas en su habitación, una maldición sin duda, y dar alguna patada a un mueble, y bajar luego las escaleras como si huyera de un fuego. Patrick Brontë había interrumpido la comida y cerrado los ojos con fuerza hasta que el eco del golpe formidable de la puerta de entrada se diluyó en el silencio. Entonces llegó aquella rara sensación de liberación mezclada con angustia, la conciencia de que, durante algunas horas, en la casa habría calma, pero que afuera, en la taberna del Black Bull, al otro lado de la iglesia, o tal vez en la calle principal de Halifax, Branwell se estaba perdiendo en su propio infierno y que, en cualquier momento, alguno de ellos tendría que acudir a rescatarle.

Nunca se hablaba del asunto, pero era evidente que las cosas estaban yendo a peor en las últimas semanas. Entre lo que él había contado —suficiente para dejarlas temblorosas y muertas de miedo por su estado— y los rumores que les iban llegando, sabían que estaba viviendo el momento culminante de su propia tragedia, que cada vez se parecía más a las de sus héroes, en aquel absurdo empeño de que su vida fuese como las existencias que él mismo había imaginado. Dos meses atrás, Branwell se había enterado, a través de algún amigo de Thorp Green, de que el reverendo Robinson había muerto. Ese día, lleno de entusiasmo, pagó una ronda generosa en el Black Bull, anunciando a gritos que pronto iba a casarse con una mujer rica que, además, lo adoraba. Pero lo único que recibió de su amante fue una carta escrita por su médico, en la que le indicaba que el fallecido reverendo exigía en su testamento que su esposa no volviese a ver nunca más al señor Brontë. De llegar noticias a sus albaceas de algún encuentro entre ellos, la viuda perdería su herencia y se quedaría arruinada y en la calle.

Nadie se había creído aquella historia que él se dedicó a contar en todas partes, incluida la propia rectoral, entre sollozos y amenazas de suicidio. Todos sospechaban que la señora Robinson intentaba quitarse de encima a un ex amante demasiado insistente y molesto y con el cual en absoluto estaba dispuesta a casarse. Nadie confiaba en las palabras de aquella mujer inmoral, salvo tal vez el propio Branwell. Al menos fingió hacerlo, quizá porque era menos hiriente para su orgullo que su enamorada le abandonase por obligación y no por simple desinterés. En cualquier caso, aquel fue para él un tremendo golpe, una decepción que terminó con sus últimas ilusiones de llegar a ser dueño de una existencia brillante, el último paso hacia el abismo. Ahora yacía allí, sollozante, rebozado en barro y vómitos, rodeado de monstruos. Y por muchos esfuerzos que hicieran, nadie parecía capaz de sacarlo del infierno.

El tiempo luminoso de la mañana había dado paso a un cielo gris, y ahora caía un chubasco lento y persistente, ese tipo de lluvia veraniega que parece cumplir la función de limpiar el mundo y llenarlo de energía cuando el calor lo agosta. Las hermanas sabían que, cuando al día siguiente las nubes siguieran su camino y saliera de nuevo el sol, los páramos se expandirían bajo la luz más hermosos que nunca, brillando las diminutas hojas púrpura de los brezos como miles de piedras preciosas esparcidas sobre las rocas. Al otro lado de la ventana, las delicadas flores de los guisantes de olor que

Ellen Nussey le había llevado a Emily en primavera para que las plantase junto a la casa parecían en cambio compungidas por la lluvia, como si fueran conscientes de que pronto llegaría su derrota. Más allá, entre los cedros del cementerio, los gorriones sostenían breves y chillonas conversaciones. En el reloj de la escalera sonaron roncamente las cuatro.

Emily ya había abierto su cuaderno y estaba escribiendo. Siempre era la más veloz de las tres. Charlotte y Anne trabajaban con pausa. Escribir era para ellas un esfuerzo que exigía calma y reflexión. Les costaba decidir cuál debía ser el siguiente paso en la historia y encontrar las palabras necesarias para transmitir lo que era preciso transmitir. Anne solía reírse de sí misma cuando se quedaba atascada, y entonces comparaba las palabras con las patatas: estaban escondidas debajo de la tierra, y había que escarbar y sudar y mancharse las manos para encontrarlas.

Emily, en cambio, escribía igual que caminaba por los páramos, ligera y firme, sabiendo exactamente dónde ponía los pies sin necesidad de detenerse a mirar. Poseía en su interior todo el conocimiento necesario para sentirse segura, y ese conocimiento parecía alumbrarla en sus paseos como un faro. Antes de que la punta de sus zapatos tocase el suelo, aquella sabiduría ya la había avisado de lo que se encontraría debajo. De la misma manera se movía entre las palabras, confiada en que no se enredaría en ellas ni tropezaría en una trampa inesperada. Acercaba la pluma al papel y las ideas y las frases surgían unas tras otras, sin interrupciones, como si una voz dentro de su cabeza fuera comunicándole todo lo que debía narrar. Confiaba en su bendita inspiración igual que confiaba en que la sangre circulaba por su cuerpo. Y escribía letra tras letra, sin esfuerzo, rascándolas con profundidad sobre el papel, con la misma entrega con la que tocaba en el piano todas aquellas sobrecogedoras melodías, como si su alma estuviera sacudida por una tempestad secreta que, luego, se calmaba en lluvia benigna y deliciosa brisa.

En su pequeña habitación, debajo del colchón protector, se iban amontonando a toda velocidad los cuadernos de aquella novela a la que estaba empeñada en llamar *Cumbres Borrascosas*, a pesar de la opinión contraria de Charlotte, a la que le parecía un título áspero. En realidad, Charlotte empezaba a temer que casi todo en la obra de su hermana estuviese dotado de excesiva aspereza. El carácter salvaje de Heathcliff, la falta de autocontrol de Catherine, las borracheras de Hindley, el ambiente sórdido de la casa. Y, sobre todo, aquel extraño amor, lleno de asombrosa sensualidad, entre los dos protagonistas.

Por mucho que creyese conocer a Emily, Charlotte no acababa de comprender de dónde nacía toda esa pasión. Se preguntaba si tal vez el recuerdo del pobre Robert Clayton había permanecido en el fondo de su espíritu, recogido allí junto con los recuerdos de las cosas valiosas y acabadas, y si era ese amor frustrado por las convenciones el que estaba saliendo a la luz en las páginas de su novela. Ella siempre había pensado que Robert no había sido nada más que un amigo de infancia y que, incluso aunque no los hubiesen separado, aquella relación infantil se habría terminado por sí misma, agotándose en su propia imposibilidad, en la unión irrealizable entre dos seres procedentes de mundos tan distintos como el espíritu y la carne. Pero el espíritu y la carne, ahora lo sabía, vivían juntos, y se necesitaban el uno al otro para expandirse. Con su devoción por la poesía y la reflexión y las cosas bellas del mundo, con su pudor y su inmaculada decencia, ella misma jamás habría sospechado, años atrás, que el deseo del cuerpo de un hombre, el ansia de tocar y sorber cada una de las partes diminutas de aquel cuerpo, iba a abrirse camino algún día dentro de ella y a dejarla arrasada y perdida. Y, sin embargo, había sucedido. ¿Cómo podía entonces seguir fingiendo que lo de Emily no había sido más que una tontería infantil, que su hermana estaba al margen de las ansias comunes, del dominio de la pasión y la sensualidad? Ninguna de ellas era un ángel. Acaso, en contra de lo que tantas normas se empeñaban en imponer a las mujeres, los ángeles no existiesen en la Tierra.

La observó, inclinada sobre el papel, con el ceño fruncido y los dientes de arriba mordiendo violentamente el labio inferior. Como si pudiera leer sus pensamientos, Emily alzó la cabeza:

—¿Puedo leeros lo último? —Anne y Charlotte abandonaron su propia tarea—. Nelly, la criada, está contando un diálogo que mantuvo con Catherine.

Rebuscó entre las páginas de su cuaderno hacia atrás, y carraspeó ligeramente antes de iniciar la lectura:

—Si estuviese en el cielo, Nelly, sería extremadamente desgraciada.

—Porque no es usted adecuada para ir allí —le respondí—. Todos los pecadores son desgraciados en el cielo.

—Pero no es por eso. Una vez soñé que estaba allí.

—¡Ya le he dicho que no estoy dispuesta a oír nada de sus sueños, señorita Catherine! Me voy a la cama —la interrumpí de nuevo.

Se echó a reír y me retuvo, pues yo intenté levantarme de la silla.

—No es nada —exclamó—. Solo iba a decir que me pareció que el cielo no era mi hogar; y se me rompió el corazón llorando por volver a la tierra; y los ángeles se enfadaron tanto que me tiraron en medio del brezal, en lo alto de Cumbres Borrascosas, y allí me desperté sollozando de alegría. Ese es mi secreto. Me apetece tan poco casarme con Edgar Linton como ir al cielo; y si ese hombre malvado no hubiera degradado tanto a Heathcliff, ni siquiera hubiese pensado en ello. Pero ahora casarme con Heathcliff me deshonraría; nunca sabrá cuánto le amo; y no porque sea apuesto, Nelly, sino porque él es más yo que yo misma. Sea de lo que sea de lo que están hechas nuestras almas, la suya y la mía son iguales; y la de Linton es tan distinta como un rayo de luna de un relámpago o la escarcha del fuego.

Anne y Charlotte la habían escuchado con los ojos abiertos de asombro. Fue Anne la primera que se decidió a romper el silencio:

—Siempre me impresiona tu fuerza, Emily. Todo lo que escribes es poderoso. Lo mío se escapa entre los dedos, se deshace como una montaña de arena. No consigo amalgamarlo. Tus palabras, en cambio, tienen raíces muy profundas, como los cedros del cementerio.

Emily se sonrojó, incómoda.

—No digas tonterías, Anne. Ninguna escribe mejor que las otras. *Cumbres Borrascosas* es como soy yo, ruda y áspera, y fuera del mundo, creo. Y tu novela es como tú, calmada y suave y justa. Y a la gente le gustará más la tuya, con toda su bondad, que la mía, que está llena de mal y de violencia. No deberías desear ser nadie más de quien eres.

Charlotte trató de aprovecharse de las propias palabras de su hermana:

—Emily, si tú misma estás convencida de que está llena de mal y de violencia y de que no gustará, ¿por qué sigues adelante? ¿Por qué no escribes otra cosa?

—Porque no quiero escribir otra cosa. La vida es así. La vida no es como pretenden contarla todos esos escritores remilgados y cursis, salones exquisitos, y nobles sentimientos, y palabras dichas a medias. La vida es furia y hielo. Deberían salir un poco de sus despachos recubiertos de maderas y de cálidas cretonas y andar por la vida de verdad. Deberían ver cómo viven las prostitutas, y los obreros, y los granjeros de los páramos. Deberían oír sus palabras, y pasearse por el monte y ver con qué fuerza se agarran las aulagas al suelo, y cómo los terneros hacen daño a sus madres cuando maman. Deberían dejar de pisar alfombras mullidas y pétalos de rosas y caminar sobre pedruscos y rocas, en medio del agua helada de los arroyos y de las ortigas del cementerio. Deberían conocer a todos los Branwell del mundo, con sus borracheras y su fracaso y su desolación, y a lo mejor dejaban de escribir todas esas tonterías.

—Dios mío, Emily, van a decir que eres un ser perverso y grosero...

—No me importa. Yo sé bien quién soy, sé lo que hay dentro de mí. Cuando escribo poesía, es lo de dentro lo que sale a la luz, todo lo que hay en mi interior. Pero las novelas miran hacia fuera, Charlotte, son un espejo puesto para reflejar el mundo. Y cuando yo miro fuera, eso es lo que veo. No puedo evitarlo. Igual que Anne ve bondad, y tú, rebeldía. No quiero escribir nada en lo que no crea. Creo en la ferocidad y en los fantasmas y en la compasión. Y de eso escribo. Y no me importa que no te guste a ti o a los demás. Si *Cumbres Borrascosas* no le gusta a nadie, no volveré a publicar. Eso es todo. —Emily se levantó del sofá, que se quedó abandonado en aire, mostrando el hueco de su cuerpo—. De todas formas, te recuerdo que no sabrán que he sido yo... El culpable de todo ese vicio será Ellis Bell. Por mí, pueden condenarlo al destierro. Es la hora de llevarle el té a papá.

Salió de la habitación, cerrando la puerta cuidadosamente tras ella. Anne sonrió, orgullosa de la seguridad de su hermana, y volvió plácidamente a su trabajo. Charlotte se puso en pie y se acercó a atizar el fuego. Comprendía las razones de su hermana, pero la asustaban. Tenía miedo de lo que pudiesen decir de ellas —o de los hermanos Bell— cuando las obras estuviesen publicadas. Demasiada vulgaridad. Demasiada crudeza. Su propia *Jane Eyre* no era mucho mejor que *Cumbres Borrascosas*, lo sabía muy bien. Más hipócrita que Emily, más adaptada a las convenciones, trataba de disimular la fealdad y de buscar palabras biensonantes que disimularan la extrema zafiedad de las existencias comunes. Pero nada de lo que estaba escribiendo podría ser exhibido en un palacio ante un grupo de damas exquisitas. Definitivamente, la exquisitez no era el territorio en el que ella y sus hermanas se movían.

Era sorprendente cómo las tres estaban utilizando la vida, sus propias vidas, para escribir esas novelas, que se iban llenando de referencias autobiográficas. Antes, todo giraba en torno a personajes estrafalarios, gentes a las que jamás habrían podido conocer, guerreros y cautivos, y damas raptadas o suicidas. Durante años, mientras solo jugaban a escribir, habían creado mundos imposibles, una realidad fantástica, que parecía extenderse sobre sus propias vidas aburridas, como un universo poblado de raros astros irreales y deslumbrantes.

Ahora que habían madurado y que se habían puesto a escribir de una manera seria, tratando de convertir aquel talento en una profesión, todas habían girado la vista hacia sus propias vidas, como si fuese en lo sentido y lo soñado donde sus novelas lograrían alcanzar la mayor profundidad, igual que un espejo que reflejase el esplendor y la devastación de la existencia. Tenía razón Emily: aquellos relatos debían ser un espejo, y, como sus autoras, a ellas les correspondía ser honestas y reflejar lo que veían, fuese terrible o hermoso.

Allí estaba su hermana, utilizando las historias de Tabby, las rudas narraciones de los páramos de Yorkshire, y tal vez también el recuerdo de aquel viejo amor desigual y prohibido con Robert Clayton. Y lo hacía como ella era, sin ilusiones ni disimulos ni redención, narrando una historia desnuda de seres brutales y puros.

Y Anne, la paciente Anne, que le había dado a su Agnes Grey una vida muy semejante a la suya, un padre reverendo, y pobreza, y un humillante trabajo como institutriz. Pero que, al mismo tiempo, le estaba regalando lo que ella no había podido vivir, el amor afortunado, que habría de salvarla finalmente de la soledad y la penuria, igual que a ella debería haberla salvado —sí, eso hubiera sido lo justo para la bondadosa Anne— el amor del pobre William Weightman.

¿Y ella? Bueno, ella, si se viera de nuevo ante un confesor católico, como aquel día en Bruselas, cuando entró muerta de tristeza en la catedral y se arrodilló ante un sacerdote y le contó su miseria y su pecado, tendría que reconocer que sí, que Jane Eyre era ella misma, que la había dotado de su dignidad y su pobreza y su falta de atractivo y su rebeldía, y que estaba haciendo que su amor por Monsieur Heger —Edward Rochester en la novela— fuese como ella hubiera deseado que fuese de verdad, profundo y absoluto y arrollador y compartido. Oh, sí, compartido, no su triste, patética pasión solitaria.

Siempre había creído que el amor era un sentimiento súbito, algo que debía nacer y crecer en el mismo momento en que se divisaba por primera vez a la otra persona, algo que no necesitaba raíces ni alimento, nutrido tan solo por la profecía. Sin embargo, su amor por Constantin Heger no había sido así. Por el contrario, había tardado mucho en brotar, pero luego se había expandido rápidamente en su interior, como un cáncer que lo invadiese todo, devorando cualquier atisbo de sensatez.

Cuando Emily y ella llegaron al internado Heger de Bruselas a principios de 1842, dispuestas a profundizar en ciertos conocimientos para poder fundar luego su propia escuela, Monsieur Heger le había parecido un hombre desagradable y antipático, uno de esos caballeros que desprecian la inteligencia de las mujeres, las contemplan siempre con el ceño fruncido y se dirigen a ellas en el mismo tono en el que les hablaría un ogro.

Sí, los primeros meses de sus estudios de literatura francesa no habían sido fáciles. Pero ellas estaban dispuestas a trabajar duro. Para eso, a fin de cuentas, estaban allí, tan lejos de su hogar, y a una edad, los veintiséis y los veinticuatro años, en la que ninguna mujer se dedicaba ya a estudiar. A Charlotte le había costado convencer a su hermana para emprender aquella aventura. Emily no quería por supuesto alejarse de Haworth. Lo que finalmente la animó no fue tanto la exigencia de la futura escuela como la posibilidad de mejorar su francés y su alemán y acceder así con más facilidad a la lectura de ciertos libros difíciles. Y también el deseo de acudir a los numerosos conciertos que se celebraban en la ciudad. A fin de cuentas, era probable que nunca más en su vida tuviera la oportunidad de disfrutar de tanta buena música. Quizá podría incluso escuchar a Liszt o a Chopin. Se decía que el músico polaco estaba muy enfermo, que tal vez no viviese ya muchos años. Aun así, seguía dando raros conciertos por las ciudades del continente, y quienes habían podido verle aseguraban que su manera de tocar era sobrenatural. Emily llegó a convencerse de que, si podía gozar de ese privilegio, valdría la pena toda la nostalgia y la incomodidad de tener que relacionarse durante meses enteros con extraños.

Permanecieron siete meses en Bruselas, aprovechando hasta el límite todas las posibilidades que les ofreció la ciudad —incluido Liszt, aunque no

Chopin— y también la exigente enseñanza de Monsieur Heger, cuyo trato se fue dulcificando a medida que descubría la asombrosa inteligencia de sus dos alumnas inglesas, a las que finalmente llegó a admirar sin disimulo.

Pero en octubre de 1842 se vieron obligadas a regresar a Haworth. La tía Elizabeth acababa de fallecer, y era necesario ocuparse del papeleo, sustituirla en las tareas de la casa y acompañar a su padre, que se sentía solo y abandonado ahora que su buena cuñada ya no estaba. Anne se encontraba fuera, trabajando como institutriz en Thorp Green Hall, y Branwell, como de costumbre, no paraba de meterse en líos y organizar escándalos. Su presencia era más necesaria que nunca.

Solo entonces, al abandonar Bruselas, Charlotte se dio cuenta de lo que Monsieur Heger significaba para ella. Desde que abría los ojos por la mañana hasta que volvía a cerrarlos de nuevo para dormir, no paraba de recordarle, él mismo, con sus rasgos claramente dibujados ante ella, los ojos pequeños y brillantes, la frente despejada, la nariz rotunda, las manos expresivas, y sus ideas, y sus largas conversaciones sobre literatura y arte, y la manera como siempre la estaba estimulando —Allez, Mademoiselle Brontë, vous êtes trop douée pour m'écrire ces petites bêtises, il vous faut plus d'effort—, y, al mismo tiempo, el respeto con el que la trataba, como si hubiese encontrado a una igual, un espíritu amigo y digno de compartir su sabiduría. Se dio cuenta de lo mucho que le costaba vivir lejos de él. No quería vivir lejos de él. Lo admiraba. Lo necesitaba. Lo amaba. Amaba su mente y deseaba su cuerpo. Él era su maestro y su luz. Y aquel sentimiento avasallador la aterró de tal manera que trató con todas sus fuerzas de ahogar su recuerdo, de convencerse a sí misma de que ese era un amor dañino y cruel, condenado al fracaso y al sufrimiento. Pero no fue capaz de lograrlo. Por el contrario, a medida que pasaban los días, la imagen de Constantin Heger, en lugar de desvanecerse, se alzaba cada vez más rotunda ante ella, más deseable y carnal.

A veces, a pesar de la nieve, caminaba hasta Top Withens, sola, y desde allí arriba dirigía la vista hacia el suroeste, allí donde, a muchas millas de distancia, Constantin Heger estaría en ese mismo instante leyendo en su biblioteca, inventando nuevas teorías deslumbrantes que jamás compartiría con ella. Lo veía allí, también solo, iluminado por su propia luz, vibrándole los labios tan deseados mientras las ideas trataban de salir al aire, y recordándola con la misma añoranza con la que ella le recordaba a él, oh, sí, anhelando tener a su lado a su amada discípula con la misma intensidad con la que ella lo anhelaba a él. E imaginaba que, a través de la distancia que separaba sus cuerpos, sus almas corrían la una hacia la otra para abrazarse y unirse y reconocerse la mutua propiedad. Ella le pertenecía a él, y él le pertenecía a ella, y no había ley humana ni moral divina que pudiese castigar ese sentimiento, acusarlos de pecadores e impúdicos.

La decisión de regresar a Bruselas había sido la más difícil y la más absurda de su vida. A decir verdad, ni siquiera sabía a ciencia cierta si él la amaba. Estaban esos momentos de exaltación, claro, cuando se creía convencida de que todo aquello que sentía, arrasándola, imponiendo sobre ella una tiranía tal que el resto del mundo había dejado de existir, y apenas le importaba ya la muerte de la tía Elizabeth, las necesidades de su padre o las demandas de sus hermanos, todo aquel amor totalitario y feroz, no hubiese sido posible si él no sintiese lo mismo. Pero luego caía la noche, y llegaba la duda, y se veía a sí misma tan pequeña, tan fea, allí tan abajo en el mundo, mientras él paseaba su grandeza intelectual por las alturas donde únicamente moraban los elegidos, que le entraban unas terribles ganas de llorar y se iba a la cama sin cenar, fingiendo una migraña, para poder esconderse debajo de la almohada y liberarse de la angustia.

Al cabo de un mes de aquella tortura emocional, decidió volver a Bruselas, como una heroína del reino de Angria. Pero las mujeres de Angria partían al asalto del amor igual que guerreros. Se entregaban a los hombres que amaban sin preocuparles las consecuencias, el pecado a los ojos de Dios, la repulsa del mundo. Ella sabía que no lo haría. Aunque Monsieur Heger la estrechase contra su corazón y la condujese dulcemente a su cama, jamás se entregaría a él. Era demasiado decente, demasiado respetuosa, y nunca se arriesgaría a regresar a casa, al lado de su padre, llevando un hijo ilegítimo.

Ni siquiera podía mantener la disparatada ilusión de que su amado llegara a divorciarse: era católico, igual que su esposa, y el divorcio no estaba aceptado entre los miembros de la Iglesia católica. Se había convertido en una prisionera, castigada por todas las leyes, desterrada del pequeño rincón de inocencia que siempre había anhelado construir para sí misma.

¿Por qué, entonces, había vuelto? Ni siquiera ahora, casi cuatro años después, lograba entenderlo. Era como si se hubiese dejado arrastrar por una voluntad de hierro que la conducía al desastre sin que ella fuese capaz de rebelarse, ella, siempre alzándose contra todas las ataduras y todas las injusticias. Tal vez había ido a Bruselas solo para respirar el mismo aire que él, para mirarle, para arrastrarse a sus pies y convertirse en su perro, para sufrir despiadadamente, sin compasión hacia sí misma, aquel amor negado. Negado por él, que durante el año interminable que ella permaneció allí, dando clases de inglés en su internado a cambio de comida y cama y de seguir estudiando con él literatura francesa, jamás depositó una mano sobre su cabeza, jamás rozó su cuerpo, jamás pronunció una palabra tierna, más allá de la expresión de su admiración por su talento. Nunca Constantin Heger dio a entender que la desease. Nunca, ni siquiera, le hizo comprender que sabía cuánto lo deseaba ella, que, entretanto, exhibía sin poder evitarlo su enamoramiento a ojos de todo el mundo, igual que una pobre presa atrapada en una trampa que clama por alimento.

Sí, había soportado todo eso, como una enferma incurable acepta las humillaciones de su incapacidad. Y había aguantado, odiándola, a su esposa, Claire Heger, la implacable propietaria del cuerpo del hombre al que ella adoraba, el muro que rodeaba inaccesible el espacio del paraíso, la cruel e invencible carcelera de su amado. Madame Heger, que no le llegaba a su marido ni a la altura de los tobillos, con su ropa impoluta, su pulcro peinado y su espíritu aburrido, dotada de tanto sentido común y tanta integridad, incapaz de dejar volar, con sus constantes exigencias de dinero y trabajo duro e hipócrita honradez, a aquel hombre extraordinario que hubiese merecido a su lado una mujer llena de fuego. La espantosa y puritana Madame

Heger, que siempre fingió no enterarse de lo que estaba sucediendo, pero que mantuvo a distancia a aquella rival con sus maneras excelentes y frías y toda su virtud y su decencia y su perfecto matrimonio expuestos una y otra vez ante ella, para que no le quedase ninguna duda de quién era la sacrosanta poseedora de todos los derechos.

Había sido un año de suplicios. Y, sin embargo, no podía acusar a nadie de maldad. Ella era la única responsable de su sufrimiento. Ella se había enganchado sin que nadie la obligase a aquel círculo infernal de placer y dolor en el que, día tras día, durante los infinitos doce meses, su pulso latía y dejaba de latir en función de que Constantin Heger la mirase o no, le hablase o no, se interesase —aunque solo fuese cortés y superficialmente— o no por su estado. Vivir o no vivir había dejado de ser para ella una prerrogativa de Dios. Le había entregado ese poder, a manos llenas, a su maestro, convirtiéndolo en la divinidad de la que su existencia colgaba como un trapo. Se había rendido ante aquel amor, voluntariamente, con todas sus fuerzas y, al mismo tiempo, se lo había arrebatado a sí misma, empeñándose en controlar sus instintos y dominar su deseo, aunque sintiera incesantemente el temblor en el vientre, el ardor en los senos, que la empujaban a abrazarle y diluirse en él, transformándose en parte de su propio cuerpo.

Cuando al fin tuvo que regresar a Haworth, cuando se cumplió su contrato y Madame Heger se negó a renovárselo y él no hizo nada por ayudarla, cuando se vio obligada a abandonar allí, en el edificio de la rue Isabelle, la mitad desgarrada de su corazón, Charlotte Brontë se arrepintió de su decencia. Hubiera debido entregarse a él, una y otra vez, como una ramera. Al menos, llevaría consigo para siempre ese recuerdo, y habría podido construirle un altar y depositar flores a sus pies cada noche, en lugar de llorar por el eterno castigo del vacío. Tal vez incluso se habría quedado embarazada y ahora estuviera a punto de convertirse en la orgullosa madre del hijo del hombre más noble del mundo, aunque todos la señalaran con el dedo y se apartasen de ella al cruzársela en la calle, aunque su propio padre la hubiera escupido encima y le hubiera señalado el camino de la marginación y el destierro.

Ahora, mientras escribía *Jane Eyre,* Charlotte Brontë sentía que había encontrado la manera de redimirse de aquel dolor que ella misma se había ocasionado. Jane era su otro yo, ella misma iluminada por una luz benigna y generosa. Le había otorgado su mente enérgica y su corazón ardiente, pero si en la vida real esos dones les generaban a las mujeres un inevitable sufrimiento, en las páginas de su novela, allí donde era ella quien señalaba con su propia voluntad el destino, Jane sería recompensada y gozaría de aquello de lo que ella no había podido disfrutar: el amor de su amado, la entrega absoluta y en paz del alma amiga, del cuerpo tan querido.

Para eso era necesario que la esposa muriese. Porque, igual que Constantin Heger, Edward Rochester era un hombre casado. Pero la rival de Jane, la guardiana de la sagrada respetabilidad del matrimonio, no sería la estirada y tonta Claire Heger, sino la cara oscura de ella misma, la parte siniestra de aquella impecable esposa que nadie, salvo Charlotte Brontë, conocía. Bertha Rochester sería una mujer loca, procaz y violenta, un demonio encaramado a los hombros de su marido, como Madame Heger lo era, con toda su codiciosa rectitud, para el gran Constantin Heger. Ella se vengaría de aquel inmenso error que el destino había cometido, rectificaría la vida misma, y haría que la cárcel que el sacramento del matrimonio le había impuesto a su maestro, condenándole a malgastar su existencia terrenal junto a una esposa exterminadora, tuviese un final en la vida de Rochester. Bertha Rochester moriría, y les dejaría libre a él y a la pequeña Jane el magnífico territorio de la felicidad. Y, cuando llegase a esa página, cuando tuviese que describir la muerte de ese monstruo, disfrutaría, y tendría que controlar su pasión para no hacer que el entusiasmo estropease sus frases. Y luego, ya en paz, iría a pedirle perdón a Dios.

Emily entró de nuevo en la habitación después de haberle servido el té al padre, llevando una bandeja para ellas. Charlotte alzó la vista. A su lado, Anne escribía lentamente, meditando cada palabra. Emily servía las tazas, rotunda y silenciosa, pensando sin duda en su Heathcliff y su Catherine. Sintió aquella cosa grande y temerosa y llena de plenitud que tantas veces se hacía un hueco dentro de ella, abriéndose paso a manotazos entre todos los recuerdos tristes. No sería injusta. No era solo el amor. Había también otras formas de felicidad, otras manifestaciones de la magnificencia divina.

La noche caía ya sobre el mundo, lamiendo con sus fríos dedos la iglesia en la que reposaban su madre y Maria y Elizabeth, extendiendo luego su larga sombra sobre el cementerio donde yacían las viejas esperanzas de Emily y de Anne, penetrando imperturbable y lentamente en el comedor de la rectoral, con su perpetua amenaza. Pero mientras ellas permaneciesen allí, juntas, tendrían la fuerza suficiente para rechazarla y obligarla a retirarse al mundo inútil de las sombras.

Le pareció entonces que veía todo aquello reflejado al otro lado de la ventana, como en un espacio espectral, embellecido por los lazos estrechos y sólidos que todo lo unían, los retratos de las mujeres amadas, los libros admirados, los pequeños escritorios que las comunicaban a ellas con lo más profundo y misterioso de la vida.

Y las vio a ellas mismas, Charlotte, Emily y Anne Brontë, tres mujeres sin hombres a su lado, temblorosas como gorriones perdidos en el invierno y, al mismo tiempo, inmensas como aves gigantescas que pudieran sobrevolar el mundo y abarcarlo amorosas entre sus alas. Tres hijas de la luz y del rayo, frágiles criaturas de las nieves. Durante un instante, cerró los ojos y deseó que aquel momento durase eternamente, sin principio ni fin. Que la crueldad del tiempo imbatible se detuviese para ellas y les permitiera quedarse allí, olvidadas de la muerte, inclinadas sobre sus cuadernos baratos, con los ojos irritados del cansancio y el espíritu lleno de palabras. Si alguien le hubiese preguntado qué era el paraíso, hubiera dicho, simplemente: esto.

—Emily, por favor, recita el poema de la Imaginación.

Emily cerró el cuaderno y dejó la pluma en el escritorio portátil. Parecía que su voz llegase desde muy lejos, desde lo alto de los páramos, allí donde la niebla se fundía con la tierra en un abrazo amoroso e inhumano:

Cuando cansada del largo día
y del terrenal camino de aflicciones,
perdida, me siento desesperar,
tu suave voz me llama de nuevo.
¡Oh, mi buena amiga, nunca estoy sola
si tú me hablas de ese modo!

El mundo ahí afuera carece de esperanza, tanto
que el mundo de mi interior aprecio aún más.
Tu mundo, donde el fraude, y el odio, y la duda
y la fría sospecha nunca existen.
Donde tú y yo, y la Libertad,
compartimos sin disputas el poder.

¿Qué importa que bullan alrededor
peligro y culpa y oscuridad,
si en nuestro seno nosotras
poseemos un cielo brillante, imperturbable,
cálido con sus mil rayos entremezclados
de soles que no conocen el invierno?

La Razón puede lamentarse
de la triste realidad de la Naturaleza,
y decirle al corazón sufriente cuán vanos
serán siempre sus más queridos sueños.
Y puede la Verdad pisotear rudamente
las flores de la Imaginación, recién brotadas.

Pero tú siempre estás ahí, para devolverme
la acechante visión, e insuflar

nuevas glorias sobre la marchita primavera
y traer una Vida aún más hermosa desde la Muerte.
Y susurrar, con voz divina,
sobre mundos reales, luminosos como el tuyo.

No confío en tu fantasmal felicidad,
pero, aun así, en las tranquilas horas de la noche,
con gratitud constante,
te acojo, Benigno Poder,
consuelo cierto de las penas humanas,
la más dulce esperanza cuando la esperanza se va.

# SEGUNDA PARTE

# DESPUÉS

—

En agosto de 1847, Currer Bell, autor de algunos poemas editados el año anterior en un libro conjunto con otros dos autores del mismo apellido, envió una novela titulada *Jane Eyre. Una autobiografía* a la pequeña editorial londinense Smith, Elder & Co. Los informes de los lectores fueron tan entusiastas que George Smith, el propietario, se animó a leer el manuscrito. Comenzó un domingo por la mañana y esa misma noche lo había terminado, tras haber relegado todas sus actividades del día, incluidas las comidas. En su pueblecito del lejano Yorkshire, en el norte de Inglaterra, aquel raro Currer Bell recibió enseguida una modesta cantidad de dinero a cambio de la publicación inmediata del libro. Por suerte, en esos tiempos nadie exigía documentos de identidad, números fiscales o cuentas bancarias para hacer transacciones de ese tipo. Un nombre falso y una dirección de correos verdadera podían bastar.

Entretanto, Ellis y Acton Bell habían hecho llegar los manuscritos de *Cumbres Borrascosas* y *Agnes Grey* a otro editor, Thomas Cautley Newby, quien aceptó publicar ambas novelas juntas aunque, eso sí, previo pago de cincuenta libras por parte de los autores, quienes podrían recuperarlas en caso de que las ventas fuesen suficientes.

En octubre de ese mismo año de 1847, *Jane Eyre* estaba a la venta. Muchos lectores se abalanzaron sobre el libro con la misma pasión con que lo había hecho el editor: en febrero de 1848 se habían agotado los dos mil quinientos ejemplares de la primera edición y hubo que hacer una reimpresión, y en abril otra más. La mayor parte de los críticos la acogieron como una gran novela, incluso como la mejor publicada en mucho tiempo en Gran Bretaña, aunque alguno puso en duda su moralidad, pues el personaje de Jane se alejaba del ideal victoriano de mujer sumisa, sin carácter y sin ideas propias. No era habitual leer aquellas descripciones de los sentimientos de una muchacha pobre que, sin embargo, amaba de una manera activa y poseía dignidad y autoestima. No era común encontrar en los libros personajes femeninos que pensaran con tanta profundidad y, para colmo, se atrevieran a expresar en voz alta sus pensamientos, incluso ante hombres socialmente muy superiores a ellas. Jane Eyre era, de alguna manera, una heroína antisocial, una mujer peligrosa, alguien a quien en absoluto las jóvenes debían imitar, aunque la fuerza con la que estaba escrita, la solidez de los personajes principales y la férrea estructura de la narración desarmaron a todo el mundo, incluso a sus más acérrimos críticos en lo referente a la moralidad. Y provocaron la admiración de miles de lectores, y especialmente de lectoras, que tal vez en voz alta reprobaban sus modales pero que, en el fondo, deseaban parecerse a ella.

Las novelas de Ellis y Acton Bell fueron editadas dos meses después, en diciembre de 1847. No tuvieron la suerte de la de su «hermano»: *Agnes Grey* —que era sin duda una obra menor, aunque decididamente correcta— pasó más bien desapercibida. En cuanto a *Cumbres Borrascosas* —ese relato sobre la pasión que se ha convertido en un clásico de la literatura de todos los tiempos, leído por millones de personas del mundo entero—, apenas interesó en aquel primer momento a ningún lector. Los bienintencionados críticos que dedicaron algunas horas a desmenuzar ese libro misterioso, inclasificable en la historia de la literatura inglesa y, sobre todo, sin ningún lugar al que adscribirlo en los estantes bien alineados de la literatura de su tiempo —algo que suele desconcertar a los críticos—, se sintieron escandalizados por la violencia y la inmoralidad de la obra y por el lenguaje vulgar que «el autor» había utilizado, sin buscar sinónimos que dulcificasen la manera de hablar de la gente del pueblo, o frases que embelleciesen las cosas innobles de la vida. ¿Cómo era posible que alguien hubiese dedicado tantas horas a describir pasiones tan incontroladas como aquellas, adulterios pecaminosos y públicos, crímenes imperdonables, sordidez y oscuridad y borracheras terribles? Todas esas cosas pueden suceder en la vida real, por supuesto —pensaron los críticos—, pero nadie en su sano juicio las relata, nadie en su sano juicio las convierte en objeto de una novela, sin dignarse siquiera a disimular sus intenciones bajo alguna supuesta moralina. El elevado y puro mundo de la literatura victoriana no podía aceptar algo así. «Las pesadillas —dejó escrito uno de sus comentaristas—, en las que los diablos danzan y los lobos aúllan, producen malas novelas».

Bien, allí estaban al fin, las tres obras publicadas. ¿Y ahora? Por parte de las hermanas Brontë, las reacciones fueron distintas. Charlotte y Anne se mostraron animadas y dispuestas a seguir intentando abrirse un hueco en el mundo literario y a poder vivir de su escritura, y decidieron volcarse en sus siguientes trabajos. Emily en cambio, como era de esperar, llegó a la rápida conclusión de que todo aquel alboroto no era para ella. En realidad, aunque intentase disimularlo tras su áspera indiferencia, las malas críticas la hirieron profundamente. Tal y como sin duda había temido antes de editar los poemas, sentía que era su propia alma, lo más secreto y valioso de ella misma, la que había sido juzgada y ofendida. Se negó a volver a publicar y siguió haciendo su vida de ama de casa, paseante solitaria y poeta secreta, decidida firmemente a no exponerse nunca más ante el público. Lo suyo, sus poemas y los posibles escritos en prosa que pudiesen acaso llegar en el futuro, eran un asunto entre su alma y el Creador. No necesitaba a nadie más dándole palmaditas en la espalda o echándola a patadas del círculo de los biempensantes.

Durante buena parte de 1847 y 1848, Charlotte y Anne trabajaron en sus nuevas novelas, mientras Emily fingía observarlas con indiferencia. Charlotte se concentró en una compleja historia titulada *Shirley*. Como Jane Eyre, Shirley era una mujer dueña de su propio destino, propietaria de una fábrica de tejidos y capaz de gestionar su dinero y dirigir a sus obreros sin por ello perder sus características femeninas o su capacidad de amar. Pero en esta ocasión —y por única vez en su obra—, el trasfondo de la novela era social, permitiéndole a Charlotte escribir sobre los asuntos políticos que siempre le habían interesado: la historia transcurría en el Yorkshire de principios del siglo XIX, cuando las guerras contra Napoleón habían causado una profunda crisis económica y los cambios tecnológicos en la industria textil, con la incorporación de toda aquella nueva y rápida maquinaria basada en el vapor que sustituía las manos lentas y torpes de los obreros, condenaban a mucha gente a la miseria. El paro y los bajos salarios provocaron en aquel entonces un estallido de violencia, conocido con el nombre de movimiento ludita, una rebelión adánica que se enfrentó a las nuevas máquinas que reemplazaban a los seres humanos. Charlotte no había conocido de primera mano esas revueltas, pero había oído a menudo hablar a su padre de ellas.

Anne, por su parte, trabajó intensamente en *La inquilina de Wildfell Hall*, una sorprendente —y espléndida— novela que narra la historia de Helen Graham. Helen tiene la desdicha de contraer matrimonio por amor con un hombre que la maltrata y se emborracha constantemente. Desesperada, ansiando una vida mejor, huye con su hijo y se refugia en Wildfell Hall, una casa que alquila para ella su hermano, manteniendo en secreto su verdadera identidad para evitar que su marido la encuentre. Helen consigue salir adelante y ganarse la vida dedicándose a la pintura, para la que posee un gran talento.

La pequeña Anne, la muchacha plácida y dulce, pequeñita y silenciosa como un ratoncillo asustado, había escrito una obra que, por su defensa de la dignidad femenina, del derecho de las mujeres a abandonar a un marido malvado y de su capacidad para ser autónomas y ejercer profesiones de prestigio, tradicionalmente reservadas a los hombres, resultaría ser revolucionaria.

En junio de 1848, *La inquilina de Wildfell Hall*, de Acton Bell, vio la luz en la misma editorial que había publicado su primera novela. El propietario, Thomas Cautley Newby, era sin duda un tipo con pocos escrúpulos. En el ambiente literario, la relación entre los tres autores Bell había dado lugar a muchos rumores. Parecía tan raro que tres hermanos gozasen de tanto talento que casi todo el mundo había decidido que tenía que tratarse de un único escritor. Newby, aprovechando el éxito de *Jane Eyre* y la persistencia de ese rumor, vendió *La inquilina de Wildfell Hall* a un alto precio a una editorial estadounidense, afirmando que era la nueva obra del autor de *Jane Eyre.* Para colmo, ni siquiera se molestó en avisar a Acton Bell, o comoquiera que se llamase el autor, al que probablemente intentaba estafar.

Cuando las noticias llegaron a la editorial de Charlotte, George Smith se puso en contacto con el supuesto Currer Bell para pedirle explicaciones. Ansiando deshacer de una vez por todas el enredo, Charlotte tomó una decisión que cambiaría su vida: en compañía de Anne —Emily, evidentemente, no quiso participar en aquella aventura que la haría ponerse de relieve ante extraños—, viajó aquella misma noche a Londres, en el tren nocturno que circulaba desde Leeds. A primera hora de la mañana, las hermanas se presentaron en las oficinas de la editorial de Charlotte y pidieron ver a George Smith, negándose a dar su nombre al ayudante que las atendió. Cuando el señor Smith compareció, Charlotte puso en sus manos una de las cartas que él mismo le había enviado a Currer Bell y, tras el asombro inicial de su editor, desveló su identidad y la de su hermana.

Es fácil imaginar la sorpresa que aquel descubrimiento significó para George Smith y para las pocas personas que compartieron con él el secreto: los ya famosos hermanos Bell eran en realidad tres hermanas, algo que algunos lectores empezaban a sospechar por el tono de sus obras. Nadie había pensado, sin embargo, que las autoras pudiesen ser aquellas mujeres hijas de un reverendo, vestidas con ropas anticuadas, que vivían solteras y juntas en un pequeño pueblo del norte de Inglaterra, en medio de los páramos, totalmente aisladas del mundo literario. Tres mujeres sin duda extraordinarias, cuyas condiciones de vida parecían ser las opuestas a las de las posibles autoras de libros tan llenos de pasión como los suyos.

Años más tarde, George Smith —que se convertiría en un gran amigo de Charlotte— escribió estas líneas sobre ella y el aspecto que percibió en aquel primer encuentro:

«Debo confesar que mi primera impresión del aspecto de Charlotte Brontë fue la de que era más interesante que atractiva. Era muy baja, y tenía un singular aire anticuado. Su cabeza parecía demasiado grande para su cuerpo. Tenía bonitos ojos, pero la forma de la boca y el cutis le estropeaban el rostro. Había en ella poco encanto femenino; y ella era siempre consciente de ese hecho y se sentía incómoda».

A Anne la describió de esta manera:

«Era una persona amable, silenciosa, más bien apagada. En absoluto bonita, aunque su apariencia era agradable. Sus maneras expresaban de una manera sorprendente un deseo de protección y estímulo, una especie de constante ruego que provocaba simpatía».

Las hermanas Brontë permanecieron tan solo tres días en Londres. Se negaron a que su identidad fuese desvelada a los amigos o familiares de George Smith, tal y como él deseaba, pero al menos acudieron a la ópera, visitaron museos y cenaron en la gran casa del editor. O, más bien, asistieron a la cena: su timidez, sus nervios, la sensación de estar fuera de lugar en aquellos ambientes lujosos, les impidió comer ni un simple bocado.

A su regreso a Haworth, excitadas y exhaustas, les esperaba aún una buena noticia: la novela de Anne estaba siendo un gran éxito, y eso a pesar de que las críticas, salvo excepciones, seguían insistiendo en la idea de que las obras de los Bell eran enfermizas y dañinas. En este caso, las acusaciones giraban sobre todo en torno a las escenas de embriaguez del marido de Hellen Graham, que Anne había descrito con realismo, basándose en sus propias vivencias junto a Branwell.

Aquellos fueron probablemente los últimos momentos de alegría de las hermanas Brontë. El 30 de julio —el día en que Emily cumplía treinta años—, ella y Anne abrieron las notas que habían escrito para esa celebración tres años atrás. Hacía tiempo que las dos hermanas tenían la costumbre de escribir esos textos el día del cumpleaños de Emily, estuvieran donde estuvieran cada una de ellas. Eran pequeños recordatorios de lo que había sucedido en su vida en los últimos tiempos, y expresiones de deseos para el futuro. Los guardaban cuidadosamente y los mantenían cerrados hasta que llegaba la fecha prevista: el 30 de julio de tres años más tarde. Es triste leer las líneas que Anne había escrito en 1845 para ser leídas en 1848, llenas de inocencia y de interés por las pequeñas cosas cotidianas:

> Charlotte está ahora cosiendo en el comedor. Emily está planchando arriba. Yo estoy sentada en el comedor, en la mecedora, frente al fuego, con los pies en el borde de la chimenea. Nuestro padre está en su estudio. Creo que Tabby y Martha están en la cocina. No sé dónde están Keeper y Flossie. El pequeño Dick [un canario] está saltando en su jaula. Cuando escribimos la última nota, estábamos pensando en organizar una escuela. El proyecto ha sido abandonado, vuelto a ser considerado y abandonado de nuevo por falta de alumnos. Charlotte está pensando en algo diferente. Quiere irse a París. ¿Pero irá? Ahora mismo acaba de dejar entrar a Flossie, que se ha tumbado en el sofá. Emily está muy ocupada escribiendo la vida del emperador Julio. Nos ha leído una parte y estoy ansiosa por escuchar el resto. También escribe poesía. Me pregunto de qué trata. Yo he comenzado el tercer volumen de los *Pasajes en la vida de un individuo.* Me gustaría haberlo

terminado ya. Esta tarde he empezado a prepararme el patrón para un vestido de seda gris que me han teñido en Keighley. ¿Qué tipo de patrón podría utilizar? Emily y yo tenemos siempre muchas tareas. ¿Cuándo menguará el trabajo? Quiero que levantarme pronto se convierta en una costumbre. ¿Lo conseguiré? Todavía no hemos terminado nuestras *Crónicas de Gondal* que empezamos hace tres años y medio. ¿Cuándo conseguiremos terminarlas? Los de Gondal están en una situación triste. Los republicanos están dispuestos a más, pero los monárquicos no han sido del todo derrotados. Los pequeños reyes, con sus hermanos y hermanas, siguen estando en el palacio de la Instrucción. Hace casi seis meses, la Sociedad Única naufragó en una isla desierta mientras sus miembros volvían de la Galia. Todavía están allí, pero por ahora no estamos jugando mucho con ellos. Los de Gondal en general no están lo suficientemente en forma para un desafío semejante. ¿Mejorarán? Me pregunto dónde estaremos todos nosotros el 31 de julio de 1848, cuando, si estamos vivos, Emily cumplirá treinta años, yo tendré veintinueve, Charlotte treinta y tres y Branwell treinta y dos. ¿Qué cambios habremos vivido? ¿Seguiremos siendo los mismos? Espero que sí, al menos en lo referente a nuestras cualidades. Yo, desde luego, no podré sentirme más apagada y vieja de espíritu. Esperando lo mejor, concluyo.

Los ingenuos deseos de Anne Brontë no sobrevivirían a aquellos insoportables ocho meses de 1848 y 1849. La muerte se estaba acercando ya, silenciosa, testaruda y solemne, a la casa rectoral de Haworth. Nadie aún la había presentido. Pero ese verano, ya en la fecha del cumpleaños de Emily, Branwell parecía haberse hundido definitivamente. Cada vez estaba más débil. Incluso padecía terribles crisis de delírium trémens, en las que veía demonios y seres espantosos. Aun así, seguía bebiendo y consumiendo láudano. Ni el reverendo Brontë ni sus hermanas podían hacer ya nada por él, salvo esperar, como en algún momento dijo Charlotte, el final que Dios quisiera darle.

Entristece leer la última carta de aquel hombre que debía haber sido un genio y terminó siendo un pobre alcohólico y opiómano fracasado. Se la envió a principios de septiembre a su viejo amigo y compañero de juergas John Brown, el hombre que tallaba las lápidas de las sepulturas del cementerio de Haworth:

> Querido John:
>
> Me sentiría muy agradecido si pudieses arreglártelas para hacerme llegar 5 peniques para poder comprar una buena medida de ginebra.
>
> Si me lo puedes conseguir pronto, podríais dármelo tú o Billy en el camino de arriba, o también estaría bien ir a buscarlo a tu casa.

Te pido este favor ansiosamente porque sé que me va a sentar muy bien.

Mañana a las nueve y media en punto te pagaré la quinta parte de un chelín que me van a dar. Tuyo,

P. B. B.

Unos días después de esta carta penosa, el 23 de septiembre, Branwell estaba tan débil que no pudo levantarse de la cama. Fue su última jornada en la tierra: falleció a las nueve de la mañana del día 24. Nunca se supo cuál había sido exactamente la causa de su muerte, aunque sus frecuentes ataques de tos de las últimas semanas hacen pensar que probablemente se tratase de la omnipresente tuberculosis, no diagnosticada y agravada además por sus hábitos. Acababa de cumplir treinta y un años.

La desolación que dejó en la familia aquella muerte y, sobre todo, la tristísima vida anterior debió de ser terrible. Charlotte intentó describírselo a uno de los miembros de su editorial:

No lloro por un sentimiento de pérdida —no hay ninguna firme columna desaparecida, ni consuelo destruido, ni querido compañero perdido—, sino por la destrucción del talento, la ruina de una promesa, la prematura y deprimente extinción de quien debía haber sido un ardiente y brillante faro. Mi hermano era un año menor que yo; una vez tuve aspiraciones y ambiciones para él, hace mucho tiempo. Fueron desapareciendo tristemente. No queda nada de él, solo el recuerdo de errores y sufrimientos. Hay una amarga piedad por su vida y su muerte, tal melancolía por el vacío de su existencia que no puedo describirla. Confío en que el tiempo apaciguará estos sentimientos.

¡Pobre Charlotte Brontë! Duele leer esas palabras —«Confío en que el tiempo apaciguará estos sentimientos»— y pensar en todo lo que aún le quedaba por soportar. Los siguientes ocho meses supusieron para ella un dolor de una intensidad difícilmente soportable. A finales de mayo de 1849, tan solo quedaba ella de los seis hermanos Brontë. La única superviviente al cabo de aquella familia arrasada por la enfermedad del tiempo, la tuberculosis. La pequeña y genial Charlotte Brontë, obligada a cargar durante los escasos seis años de vida que aún le quedaban con el peso de las sombras de sus hermanos, ausentes para siempre.

Aquel otoño de 1848, que supuso el comienzo del fin, llegó a Haworth acompañado del temible viento del este, que siempre había sido para los miembros de la familia anuncio de enfermedades, largos resfriados y problemas bronquiales que a veces convertían la casa en un triste territorio de toses y fiebres. A Charlotte le aterraban aquellos síntomas que, inevitablemente, le hacían pensar en sus dos hermanas muertas y ahora, también, en Branwell.

A finales de octubre, tan solo un mes después de la lastimera extinción de su hermano, el estado de salud de Emily y de Anne empezaba a ser seriamente preocupante. En esas fechas, Charlotte le escribió a su amiga Ellen Nussey:

> El resfriado y la tos de Emily son muy obstinados; me temo que tiene un dolor en el pecho, y a veces percibo en ella una falta de aire cuando se mueve con rapidez. Está muy muy delgada y pálida. Su habitual reserva me produce un gran desasosiego. Es inútil preguntarle, no obtienes respuestas. Todavía es más inútil aconsejarle algún remedio: nunca los toma.
>
> Tampoco puedo cerrar los ojos ante la enorme fragilidad de la constitución de Anne. El último triste acontecimiento de nuestras vidas me ha hecho volverme más aprensiva que de costumbre. No puedo evitar sentirme a veces muy deprimida. Intento dejarlo todo en manos de Dios, y confiar en su bondad. Pero la fe y la resignación son difíciles de poner en práctica bajo ciertas circunstancias.

Charlotte aún se esforzaba por confiar en la bondad de Dios. Pero Dios demostraría bastante indiferencia hacia su desgraciada familia en los siguientes meses. ¿Hasta dónde pudo resentirse su fe? Ella jamás dejó escrita ni una palabra al respecto —al menos, no que sepamos—, pero cabe preguntarse si esa fe sobrevivió a las rápidas muertes de sus hermanas. No es fácil imaginar su desesperación viendo cómo los dos seres más importantes de su vida, sus compañeras intelectuales y creativas, sus mejores amigas, sufrían, agonizaban y morían prácticamente juntas, precisamente en aquel momento que debería haber sido el mejor de sus existencias.

A lo largo del mes de noviembre, Charlotte fue comprendiendo —sin atreverse a nombrar la palabra— que Emily padecía la terrible enfermedad que se había llevado a sus hermanos, y comenzó a pensar que tal vez la perdería pronto también a ella. La angustia debió de ser inexpresable. «Creo que Emily es el objeto más cercano a mi corazón en este mundo», le confesó en aquellos días de desesperación a Ellen Nussey.

A pesar de la gravedad de sus síntomas, Emily, con su tozudez habitual, se negó a ser visitada por ningún médico. Ni siquiera quiso quedarse en la cama ni un solo día. Los editores se ofrecieron a enviarle a Haworth a cierto doctor londinense de mucha fama. Las amigas de Charlotte hicieron lo que pudieron, escribiéndole para tratar de convencerla de que debía aceptar ayuda. Ellen Nussey incluso quiso ir a visitarlas, cuidar de ella y tal vez dulcificarla un poco.

No hubo nada que hacer. Se agarró a su enfermedad con la misma fuerza con la que antes se agarraba a la nieve en los páramos o al vuelo feroz de los halcones. Para Emily Brontë, para su naturaleza mística y sus creencias deístas, la enfermedad era también la naturaleza, igual que la muerte era la vida. Y el definitivo fracaso de Branwell, al que había intentado ayudar con todas sus fuerzas, la había alejado además para siempre de aquella existencia terrenal en la que probablemente ya no le apetecía quedarse.

Tiempo después, Charlotte describió así el comportamiento de su hermana en sus últimas semanas:

> Nunca en toda su vida se había resistido a ninguna tarea que se presentase ante ella, y tampoco lo hizo ahora. Decayó rápidamente. Se apresuró a dejarnos. Sin embargo, aunque físicamente estaba destruida, se volvió más fuerte de lo que nunca antes había sido. Día a día, mientras veía con qué valor se enfrentaba al sufrimiento, yo la observaba con la angustia que me creaban el asombro y el amor. Nunca he visto nada semejante; en realidad, nunca he visto a nadie que se le parezca en nada. Más fuer-

te que un hombre, más sencilla que un niño, solo quedó de ella su carácter. Lo horrible era que, llena de piedad hacia los demás, hacia sí misma no tenía ninguna compasión; su espíritu era inexorable con su carne; aquellas manos temblorosas, los miembros agitados, los ojos velados, ofrecían a los demás la misma ayuda que habían ofrecido cuando estaban sanos. Permanecer a su lado siendo testigo de todo eso sin atreverme a decirle nada fue un sufrimiento que las palabras no pueden expresar.

La noche antes de su muerte, Emily Brontë se empeñó en salir al patio trasero para dar de comer como siempre hacía a su querido Keeper, su perro mastín, y a Flossie, la cocker de Anne. Debió de marearse y tuvo que apoyarse contra el muro. Cuando Charlotte y Anne, que la acompañaban, corrieron a sostenerla, las rechazó bruscamente. En cuanto pudo recuperarse, continuó su camino y alimentó a los perros.

Al día siguiente, el 19 de diciembre de 1848, se levantó como de costumbre a las siete de la mañana. Aunque Anne y Martha Brown, la criada, habían ido a su habitación para intentar ayudarla, se vistió y se peinó sola. Luego bajó a aquel comedor donde había pasado buena parte de su vida leyendo, escribiendo y hablando con sus hermanas, y allí, echada en el sofá, permaneció sus últimas horas, intentando fingir casi hasta el final que todo era normal y que aún podía coser. A las dos de la tarde, a los treinta años de edad, Emily Jane Brontë, uno de los autores más extraordinarios de la historia de la humanidad —hombres o mujeres—, había muerto.

Ya desde antes del fallecimiento de Emily estaba claro, como Charlotte le había contado a Ellen Nussey, que la salud de Anne empeoraba también a ojos vistas. La muerte de su hermana, su compañera del alma, la quebrantó definitivamente. A principios de enero, después de aquellas tristísimas Navidades, Patrick Brontë llamó a un médico especialista en tuberculosis, que examinó a Anne y dio pocas esperanzas. Tal vez la enfermedad pudiera ralentizarse, o incluso con suerte detenerse, con un estricto régimen que exigía reposo total y la ingesta de aceite de hígado de bacalao y carbonato de hierro.

Para no hacer sufrir a su padre y a Charlotte, Anne siguió a rajatabla las prescripciones y fingió estar animada y sentirse mucho mejor de lo que sin duda debía de sentirse. Pero este poema, escrito por ella dos días después de la visita del médico, prueba sin embargo la intensa lucha que se produjo en su interior entre el miedo a la muerte demasiado temprana y la resignación a la voluntad divina:

Yo esperaba que mi tarea figurase
entre la de los valientes y los fuertes.
Esforzarme junto a las gentes laboriosas
con entusiastas y nobles propósitos.

Pero Dios me ha destinado otro papel,
y lo ha hecho bien.
Lo supe con el corazón roto,
y la angustia se abalanzó a mí.

Una horrible oscuridad acecha
mi espíritu aturdido.
Oh, permíteme sufrir y no pecar,
ser torturada, mas resignarme.

¿Habré de alegrarme acaso de tus dones
y no soportar su pérdida?
¿Esperar la corona del martirio
y rechazar la cruz?

Tú, Dios, te has llevado nuestra dicha,
nuestra amada esperanza;
ahora nos ofreces llantos en la noche
y pesar a lo largo del día.

Oh, Tú has arrancado de mí la promesa
y el gozo dc una larga vida,
y me ordenas contemplar la dolorosa noche,
y esperar ese difícil día.

No serán vanas estas duras horas,
estos desdichados días
y noches de negra angustia,
si puedo volver a ti mi corazón.

Aunque yazca débil, exhausta,
aplastada por la pena, rendida de dolor,
alzaré al Cielo los ojos
y porfiaré en no esforzarme en vano.

Este es mi secreto afán: soportar
con humilde paciencia cada golpe,
extraer fortaleza del tormento,
y esperanza y paciencia en la aflicción.

Déjame pues poner en Ti mi corazón,
sea cual sea mi destino:
acaso partir pronto,
o esperar aún un tiempo.

Si me devolvieses a la vida,
sería más humilde,
más sabia, fuerte en el combate,
más presta a apoyarme en Ti.

Y si la Muerte me espera en el umbral,
mantendré mi juramento.
Mas, ¡Señor!, sea cual sea mi destino,
oh, ¡permíteme servirte!

De alguna manera, quizá gracias a su fe, Anne Brontë consiguió encontrar dentro de sí la fortaleza suficiente para enfrentarse a su muerte con serenidad. A mediados de mayo, y tras varios meses de insistencia, convenció a Charlotte —que se negaba a que su cuerpo debilitado tuviera que someterse a ningún esfuerzo— de que sería bueno para ella pasar algún tiempo junto al mar. Ellen Nussey, la vieja amiga de los tiempos del internado en Roe Head, siempre inquebrantable en su apoyo, las acompañó en aquel viaje tan triste. El lugar elegido fue Scarborough. Se instalaron en una buena pensión con vistas al mar. A la mañana siguiente, Anne aún tuvo fuerzas para dar un paseo y contemplar largamente las olas. Ya no volvió a salir. Murió tres días después, tranquila y dulcemente, sentada en un sillón junto a la ventana, frente al mar del Norte. Era el 28 de mayo de 1849, y tenía veintinueve años.

Charlotte Brontë, la única superviviente de aquella familia arrasada por la tuberculosis, vivió aún seis años más. Seis años de nostalgia y tristeza, por supuesto, de terrible soledad en aquella casa de pronto silenciosa y casi vacía. Pero también de celebridad, animados puntualmente por intensas semanas de vida social e interesantes encuentros con otros escritores y personas que la admiraban.

Después de la muerte de sus hermanas, Charlotte dejó de sentirse obligada a respetar la promesa hecha a Emily respecto a las verdaderas identidades de los hermanos Bell. La decisión, sin embargo, no debió de ser fácil: desvelar sus nombres, tal y como le solicitaban sus editores, era de alguna manera traicionar la memoria de su hermana. Todavía en octubre de 1849, cuando se editó su segunda novela, *Shirley*, quiso que el libro apareciese firmado por Currer Bell. Charlotte había tenido que interrumpir aquella obra en septiembre del año anterior, en el momento de la muerte de Branwell, y no pudo retomarla hasta el verano del 49, cuando sus dos hermanas estaban ya enterradas, para terminarla rápidamente. En ese instante, el trabajo le sirvió de consuelo. Al menos, le permitió apartar su mente durante algunas horas al día de aquel terrible dolor que la acompañaría ya para siempre, la profunda incomprensión de la cruel voluntad divina. Tal vez también sintiese de alguna manera que, al escribir, prolongaba la vida demasiado breve de Emily y Anne, continuando la tarea que ellas ya no podían realizar.

Un año después, a finales de 1850, la verdad salió al fin a la luz. Los editores de Charlotte Brontë le propusieron preparar una tercera edición de *Jane*

*Eyre* y, al mismo tiempo, editar de nuevo *Cumbres Borrascosas* y *Agnes Grey*. En su opinión, los tres libros debían aparecer al fin firmados por sus verdaderas autoras. Resistirse quizá ya no tenía mucho sentido: para entonces, los rumores sobre sus identidades se habían extendido ampliamente, y la propia Charlotte había establecido relaciones de amistad con algunos autores importantes que conocían su personalidad, como Elizabeth Gaskell, Harriet Martineau o el famoso William Thackeray, el autor de *La feria de las vanidades*, un hombre formidable que no era capaz de sentarse a su lado sin sentirse asombrado por la grandeza literaria de aquella mujer diminuta y terriblemente tímida.

Animada por sus editores, y sin duda deseosa también de obtener el reconocimiento que tanto ella como sus hermanas merecían y que, en realidad, siempre había ansiado, Charlotte aceptó hacer una confesión pública de la verdad en forma de prefacio para esa tercera edición de *Jane Eyre*, explicando las circunstancias generales de sus vidas y las razones que las habían llevado a editar bajo seudónimos.

«Hace unos cinco años, mis dos hermanas y yo misma, después de un prolongado periodo de separación, nos encontramos de nuevo juntas en nuestra casa. Residiendo en un distrito remoto, donde la educación ha hecho pocos progresos, y donde, en consecuencia, había pocos alicientes para interesarnos por las relaciones sociales más allá de nuestro propio círculo doméstico, dependíamos totalmente las unas de las otras, y, en cuanto a entretenimientos y ocupaciones, nos centrábamos en los libros y el estudio. El mayor estímulo y, al mismo tiempo, el placer más vivo que conocimos desde nuestra infancia fueron los intentos de realizar creaciones literarias; al principio solíamos enseñarnos las unas a las otras lo que escribíamos, pero, en los últimos años, la costumbre de ese tipo de comunicación y de consulta se había vuelto más rara; así pues, éramos mutuamente ignorantes de los progresos que cada una de nosotras podía haber hecho.

(...) Mi hermana Emily no era una persona expresiva. Nadie, ni siquiera sus seres más cercanos y más queridos, podía introducirse sin su permiso en los recovecos de su mente y de sus sentimientos.

(...) Desde muy pronto, habíamos alimentado el sueño de llegar a ser autoras algún día. Este sueño, al que nunca renunciamos, ni siquiera cuando la distancia nos separaba a las unas de las otras y ciertas tareas absorbentes nos ocupaban, adquirió ahora de pronto fuerza y consistencia: tomó el carácter de una resolución.

(...) La ambigua elección [de los seudónimos] fue dictada por un consciente escrúpulo que nos llevó a no querer asumir nombres positivamente masculinos, al mismo tiempo que no queríamos declararnos como mujeres, porque —sin sospechar en ese momento que nuestra manera de escribir y pensar no era lo que se suele llamar "femenina"— teníamos la vaga impresión de que las autoras son susceptibles de ser consideradas con prejuicios; nos habíamos dado cuenta de cómo los críticos a menudo utilizan para castigarlas el arma de su personalidad, y para premiarlas, el halago, que no es un verdadero elogio.

(...) ¿Qué más puedo decir sobre mis hermanas? Ni puedo ni necesito decir mucho más. Externamente, eran dos mujeres discretas; una vida de total reclusión les había conferido modos y costumbres retraídos. En el carácter de Emily parecían unirse el vigor y la sencillez en sus formas más extremas. Bajo una cultura nada sofisticada, gustos en absoluto artificiales y un exterior sin ninguna pretensión, se escondían un poder y un fuego secretos, que hubieran podido conformar el cerebro de un héroe y encender sus venas; pero no tenía ninguna sabiduría mundana; su talento no estaba adaptado a los asuntos prácticos de la vida; habría fracasado a la hora de defender sus derechos más manifiestos o de exponer sus más legítimas ventajas. Siempre era preciso un intérprete entre ella y el mundo. Su voluntad no era muy flexible, y generalmente se enfrentaba a sus propios intereses. Su temperamento era magnánimo, pero excitable y precipitado; su mente, igualmente inflexible.

El carácter de Anne era más apacible y sumiso; deseaba poseer el poder, el fuego, la originalidad de su hermana, pero estaba dotada de sus propias virtudes tranquilas. Muy sufrida, abnegada, reflexiva e inteligente, su reserva y melancolía naturales la hacían permanecer en la sombra, y cubrían su mente, y sobre todo sus sentimientos, con una especie de velo que rara vez se alzaba.

Ni Emily ni Anne eran personas cultivadas. Nunca se plantearon aprender de las fuentes de otras mentes; escribían por un impulso natural, bajo el dictado de la intuición, y desde la experiencia y la observación que sus limitadas vidas les permitieron amasar. Debo concluir diciendo que, para los extraños, no eran nada, y para los observadores superficiales, menos que nada; pero para quienes las conocieron en la intimidad, eran genuinamente buenas y ciertamente grandes.

He escrito estas palabras porque siento la sagrada obligación de limpiar el polvo de sus lápidas, y dejar sus queridos nombres libres de barro».

Leídos ahora, al cabo del tiempo, los comentarios de Charlotte Brontë sobre sus hermanas resultan poco generosos. Sin embargo, hay que entenderlos en su contexto: tanto *Cumbres Borrascosas* como *La inquilina de Wildfell Hall* habían sido consideradas por numerosos críticos y lectores como inmorales y groseras, y ella, preocupada por la fama póstuma de sus hermanas, intentando «dejar sus nombres libres de barro», quiso dar a entender que esos *defectos* se debían a su ignorancia del mundo y de las convenciones literarias, exagerando para ello su falta de preparación. Sin duda era consciente de lo difícil que resultaba hacer el auténtico retrato de aquellas mujeres enormemente cultas y, al mismo tiempo, enormemente ingenuas. Y, desde luego, libres de espíritu. La sociedad victoriana no hubiera ni entendido ni perdonado esas características. Era más fácil hacerlas pasar por muchachas pueblerinas y un poco ignorantes, aunque eso la obligase a mentir o, al menos, a ocultar partes importantes de la verdad, y a dar además la razón, aunque fuese involuntariamente, a quienes condenaban la moralidad de las obras de sus hermanas. Hubiera podido sin duda hacer las cosas de otra manera, pero para eso hubiese necesitado una fortaleza y una valentía que en aquel momento estaba lejos de sentir: igual que había empezado a ocurrir con sus libros después de *Jane Eyre*, Charlotte Brontë, sin el apoyo de aquel espíritu indómito que había sido Emily, parecía estar volviéndose cada vez más convencional.

Los últimos años de vida de Charlotte fueron clementes. Conoció como deseaba la fama, estableció nuevas y profundas relaciones de amistad y escribió y publicó en 1852 su tercera novela, *Villette.* Igual que *Jane Eyre,* la obra contenía muchos elementos autobiográficos. Narraba la historia de una joven inglesa, Lucy Snowe, que, tras una serie de tragedias familiares, era contratada como profesora de inglés en un pensionado de la ciudad de Villette, un trasunto de Bruselas. Allí Lucy se enamoraba de un malhumorado profesor, Monsieur Paul Emmanuel, otro recuerdo de Monsieur Heger, aunque en este caso no había ninguna esposa escondida amenazando la felicidad de los enamorados. La amenaza provenía ahora del destino, de la vida misma, como la experiencia le había enseñado a Charlotte crudamente: antes de poder contraer matrimonio con Lucy, Emmanuel se veía obligado a viajar a las islas del Caribe para inspeccionar una plantación familiar. La novela terminaba voluntariamente de forma ambigua, dándose a entender que el protagonista podría haber muerto durante una tempestad sin regresar nunca a Villette.

Tras la publicación de esa novela, Charlotte volvió a trabajar en *El profesor*, que era en realidad la primera de todas las que había escrito, aunque no fue publicada hasta después de su muerte, en 1857. En ese relato inicial, Charlotte ya había utilizado sus vivencias autobiográficas, situando la acción en Bruselas, donde el profesor inglés William Crimsworth se enamoraba de su alumna Frances Evans Henri, con la que conseguía contraer matrimonio tras vencer muchas dificultades.

Una vez superados los temas fantásticos de su juventud, las profesoras y los profesores, las institutrices, el amor intenso y difícil y el matrimonio fueron los temas habituales en la literatura de Charlotte Brontë. Pero también —y es fácil olvidarlo desde la perspectiva del siglo XIX— el derecho a la dignidad, la libertad y la independencia del género femenino, un sentimiento que sin duda empezaban a compartir en aquellos tiempos muchas mujeres, en particular en Gran Bretaña, donde pronto surgirían los movimientos feministas y sufragistas.

En diciembre de 1852, cuando Charlotte tenía treinta y seis años, ocurrió algo que con toda probabilidad nadie se esperaba. Arthur Bell Nicholls, el coadjutor de su padre, el hombre que sin saberlo había prestado el apellido a los falsos hermanos Bell, tuvo inesperadamente la valentía de pedir su mano, después de muchos años viviendo en silencio su enamoramiento.

La propia Charlotte le describió así la escena a Ellen Nussey:

> Temblando de la cabeza a los pies, con la palidez de un muerto, hablando bajo, con vehemencia pero con dificultad, me hizo comprender por primera vez cuánto le cuesta a un hombre declarar su afecto cuando duda de la respuesta.
>
> El espectáculo de alguien que normalmente parece una estatua temblando, emocionado y abrumado, produjo en mí una especie de extraña conmoción. Habló de sufrimientos soportados durante meses, de sufrimientos que ya no podía soportar durante más tiempo, e imploró algo de esperanza. Tan solo pude rogarle que se fuera, prometiéndole una respuesta al día siguiente. Le pregunté si había hablado con papá. Me dijo que no se había atrevido. Creo que a medias le conduje y a medias le empujé fuera de la habitación. En cuanto se marchó, fui inmediatamente a ver a papá y le conté lo que había ocurrido. El resultado fue una agitación y un enfado desproporcionados a la ocasión. Me acusó de haber estado cortejando con el señor N., y tuve que oír ciertos epítetos contra él que me hicieron perder la paciencia. Mi sangre ardía por toda aque-

lla injusticia, pero papá estaba en tal estado que no se le podía decir nada. Las venas de sus sienes estaban tensas como un látigo, y sus ojos se inyectaron de pronto en sangre. Me apresuré a prometerle que, a la mañana siguiente, el señor Nicholls recibiría un claro rechazo.

La reacción de Patrick Brontë al matrimonio de su hija, junto con la primera biografía escrita sobre ella por su amiga Elizabeth Gaskell poco después de su muerte, ha contribuido a componer una imagen del reverendo probablemente injusta. Se ha dicho de él que fue un tirano, un hombre implacable, que sometió a sus hijos desde pequeños a un régimen estricto y les hizo la vida difícil. La realidad parece haber sido sin embargo muy distinta.

La forma como Patrick Brontë se ocupó de la educación de sus hijos no era común en aquellos tiempos. Mucho menos en lo referente a las niñas. Aunque su preferencia hacia Branwell y las esperanzas que había depositado en él fuesen evidentes, permitió que sus hijas se desarrollasen intelectual y artísticamente y les concedió además —y eso era aún más excepcional— libertad para leer todo lo que quisieran y para debatir sobre complejos asuntos religiosos, sociales y políticos. Les pagó clases de dibujo, música e idiomas, a pesar de su exiguo sueldo. Jamás les negó el derecho a pasear sin compañía adulta o masculina, algo que las niñas y las jóvenes de buena familia no solían hacer y que marcó sus mundos personales y literarios. Siempre permitió que Emily no asistiese a los oficios dominicales. No puso problemas para que viajasen, incluso para que lo hiciesen solas, como en el caso de Charlotte cuando se trasladó por segunda vez a Bruselas. Y, aunque no se sabe cuándo descubrió que sus hijas publicaban sus obras, siempre se mostró orgulloso de ellas, algo que no todos los padres o familiares de escritoras de la época hacían.

Parece pues más adecuado recordar a Patrick Brontë como el padre que alentó el genio de sus hijas y les enseñó a ser independientes de los hombres y libres de espíritu. Y eso era algo realmente excepcional en la época victoriana, cuando las mujeres decentes permanecían encerradas en sus casas y no estudiaban más allá de ciertos conocimientos ligeros que les permitiesen no comportarse como analfabetas totales.

Su reacción indignada ante el posible matrimonio de su hija pudo haberse debido a su situación personal en ese momento: tenía setenta y cinco años y había visto morir a su esposa y a cinco de sus seis hijos. Únicamente le quedaba Charlotte, y tal vez temió que la boda lo dejase solo en aquella casa de Haworth, rodeado de fantasmas y de silencio. Es probable que le pareciera también que su coadjutor, que carecía de fortuna más allá de su magro sueldo —igual que él mismo, por otra parte—, no era un buen partido para su famosa hija y que solo pretendía disfrutar de su éxito y sus ganancias.

Fue en cualquier caso, desde luego, una respuesta egoísta: Patrick Brontë no tuvo en cuenta ni un solo instante los deseos de la propia Charlotte, ni se paró quizá a pensar que estaba condenada a quedarse totalmente sola en el mundo cuando él muriese. Irónicamente, fue su actitud la que, de alguna manera, la empujó a ella a los brazos de Arthur Bell Nicholls: conmovida por su sufrimiento e indignada por los injustos insultos que el reverendo lanzaba contra él, empezó a mirarle de otra manera. Dejó de verle como el aburrido pastor sin expresividad que estaba acostumbrada a conocer, y comenzó a pensar en él como alguien que, al menos, merecía su respeto y su compasión.

De momento, sin embargo, no estaba dispuesta a contraer matrimonio, y mucho menos en contra de la voluntad de su padre. Convencido de que la situación no iba a cambiar, Arthur Bell Nicholls tuvo entonces una reacción propia de un personaje de las novelas de su amada: se presentó voluntario para irse como misionero a Australia.

No hizo falta: poco a poco, Charlotte Brontë fue acercándose a aquel hombre que había dejado de ser una sombra desvaída para convertirse en alguien con carácter y pasión, alguien semejante sin duda al esposo que había soñado en su juventud. Arthur, además, demostraba quererla mucho y le garantizaba —si la Providencia no se mostraba tan cruel con ella como solía— un futuro en compañía.

Charlotte inició una correspondencia con su pretendiente y, cuando él abandonó la parroquia y se fue a otro pueblo, llegó incluso a organizar algún encuentro a escondidas de su furioso padre, que seguía diciendo a quien quisiera oírle que lo único que buscaba aquel hombre era el dinero que su hija estaba ganando con sus libros.

Finalmente, en abril de 1854, Charlotte le hizo saber a Patrick Brontë que, aunque él no lo aprobase, iba a casarse con Arthur, y que ambos permanecerían en Haworth acompañándole y cuidándole. El anciano terminó por aceptar, aunque no asistió a la ceremonia de la boda, que se celebró el 29 de junio. Charlotte fue entregada al novio por la señorita Wooler, la propietaria del internado de Roe Head donde ella había estudiado y luego enseñado. Su dama de honor fue Ellen Nussey, aunque las sombras de Emily y de Anne debieron de estar presentes aquel día en la iglesia de Haworth.

El nuevo matrimonio partió de viaje de novios a Irlanda, la tierra de origen de Arthur Bell Nicholls y también de Patrick Brontë. Por las cartas de Charlotte a Ellen, parece que había acertado en su decisión, aunque en un momento dado también le escribió estas sorprendentes palabras: «Para una mujer, convertirse en una esposa es algo solemne, extraño y peligroso. La suerte de los hombres es muy muy distinta».

Nunca sabremos qué quiso decir Charlotte en esas frases. Desde luego, no parece que se refiriese a nada que tuviese que ver con su actividad literaria. Tal vez voluntariamente o quizá forzado por ella, Arthur Bell Nicholls había aceptado que su ya famosa esposa siguiese escribiendo. De hecho, a la vuelta de su viaje de novios, Charlotte retomó una novela iniciada meses atrás, *Willie Ellin*, cuyas únicas veinte páginas serían finalmente publicadas en 1860 bajo el título de *Emma*.

Por desgracia, no tuvo tiempo de terminarla. A mediados de enero de 1855, comenzó a sentirse mal. En principio, tan solo parecían los síntomas de un embarazo, con las correspondientes náuseas e indisposiciones. Pero su situación comenzó inesperadamente a agravarse. Sabemos por sus cartas que su marido la cuidaba noche y día, algo por lo que ella le estaba profundamente agradecida. Sin embargo, ni todo el amor del mundo logró salvarla de su destino. En marzo ya no podía levantarse de la cama ni escribir a sus amigos. Falleció el último día de ese mes de 1855, antes de poder celebrar el primer aniversario de su matrimonio, probablemente a consecuencia de las dificultades de aquella gestación tardía: Charlotte Brontë tenía treinta y ocho años. Eran algunos más de los que habían cumplido sus adoradas hermanas en el momento de sus muertes, pero, aun así, muy pocos sin duda para aquella mujer que acababa de comenzar, al fin, una nueva vida prometedora.

Patrick Brontë, el desdichado Patrick Brontë, aún tuvo que vivir seis años más. Murió a los ochenta y cuatro, el 7 de junio de 1861, tras haber enterrado a su esposa y a todos sus hijos. Nadie supo nunca si alguna vez dudó en su fe, si por las noches, cuando se acostaba y se quedaba a solas en la oscuridad con todas sus ausencias, se preguntaba cómo era posible que Dios hubiese sido tan cruel con su familia, dejándole además de longevo testigo de aquella devastación. Hasta el último día de su vida, al menos, tuvo el consuelo de ser acompañado y cuidado por el viudo de su hija Charlotte, al que él había rechazado con furia.

Tras la muerte de Patrick, no quedó nadie de la familia Brontë. Se extinguieron en sí mismos, como si hubiesen ardido en su propio fuego. Aún permanecen, eso sí, sus obras, los poemas y las novelas de Charlotte, Emily Jane y Anne, insistentemente admiradas. La prueba de su asombroso genio. De su luz.

# UNA BREVE EXPLICACIÓN BIOGRÁFICA Y BIBLIOGRÁFICA

Muchas de las personas que leen novelas basadas en vidas reales se sienten interesadas por saber qué es verdad y qué es invención. La respuesta a ese interrogante suele ser compleja. Yo, personalmente, suelo decir que, como historiadora, me siento obligada a respetar los hechos más importantes y, sobre todo, el ambiente de la época y el lugar, la vida cotidiana, las costumbres. Como novelista, en cambio, considero que tengo el deber —y también el derecho, puesto que para mí la novela es el territorio de la libertad— de ofrecer mi propia mirada subjetiva y parcial sobre aquello de lo que estoy tratando, y de inventar todo lo que me parezca imprescindible para hacer que el relato respire y los personajes vivan. Para tratar de atrapar un trozo de la vida, que es, a fin de cuentas, lo que intentan hacer las novelas.

La línea que divide pues la realidad y la ficción en narraciones como esta es fina y, a veces, apenas se percibe. Puesto que las hermanas Brontë suelen suscitar mucho interés y muchas preguntas, me gustaría aclarar algunas de las cosas que he contado en la primera parte de esta obra y que, tal vez, puedan sorprender a quien haya leído algo sobre sus vidas.

Está probado que durante 1846, tras la publicación de los poemas, las tres hermanas escribieron al mismo tiempo tres novelas, animadas por Charlotte. Emily trabajó en *Cumbres Borrascosas* y Anne en *Agnes Grey*. Hay dudas, en cambio, sobre la obra a la que Charlotte pudo haberse dedicado durante ese tiempo. La primera novela que hizo llegar a varias editoriales en la primera mitad de 1847 —y que resultó rechazada— fue *El profesor*. Sin embargo, en agosto de ese mismo año, *Jane Eyre* estaba terminada y fue enviada a Smith, Elder & Co. Es por lo tanto posible pensar que estuviese trabajando en ella un año atrás. Tal vez, como a veces hacen algunos escritores, se ocupase de sus dos novelas al mismo tiempo.

Los amores frustrados de las hermanas Brontë pueden parecerle a algún lector imaginados por mí. La *culpa* la tiene la primera biografía que se escribió sobre Charlotte. La publicó una de sus buenas amigas de los últimos tiempos, la novelista Elizabeth Gaskell, tan solo dos años después de su muerte, en 1857. Gaskell trató de hacer de las hermanas Brontë mujeres victorianas, llenas de virtudes domésticas, de pureza y de contención. Esa leyenda ha perdurado en el tiempo. Pero lo cierto es que Charlotte, Emily y Anne eran hijas del Romanticismo, herederas de Walter Scott y Lord Byron, sus autores favoritos cuando eran niñas y adolescentes, una y otra vez releídos e imitados en sus primeros escritos. Charlotte, Emily y Anne crecieron convencidas de que la pasión puede arrasar las vidas de los seres humanos, y probablemente ellas mismas fueron víctimas de esos estragos.

El amor —real y tiránico— que Charlotte sintió hacia su profesor belga Constantin Heger fue ocultado en la biografía de Elizabeth Gaskell, a pesar de que ella misma le había visitado en Bruselas e incluso había podido leer las cartas de su alumna. Charlotte le había escrito muchas veces después de su regreso definitivo a Haworth, una larga serie de cartas repletas de amor, añoranza y súplica: «El francés me es enormemente querido porque me recuerda a usted. Amo el idioma francés por usted, con todo mi corazón y toda mi alma», se atrevió a escribirle. Heger, según parece, solo le respondió en una ocasión, y de manera más bien seca. Ese texto no se ha conservado, pero sí cuatro de las muchas misivas que ella le escribió a él, y que fueron publicadas en 1913 por el hijo del matrimonio Heger. Aunque los críticos y los académicos no suelen mencionarlo, es bastante lógico pensar que ese amor desdichado influyó enormemente en la creación de *Jane Eyre*.

La relación entre una joven Anne y William Weightman, el coadjutor de su padre, es más que probable. Seguramente no llegó muy lejos debido a la temprana muerte del hombre, pero la propia Charlotte se refirió en más de una ocasión en sus cartas a su amiga Ellen Nussey al cortejo que parecía haberse establecido entre los dos.

La posible conexión entre Emily y Robert Clayton es más dudosa, pero en absoluto imposible. Aunque Emily Brontë es uno de los mayores escritores en lengua inglesa de todos los tiempos, su vida es un misterio. No se sabe apenas nada de ella, salvo las verdades a medias o las mentiras *piadosas* narradas por su hermana Charlotte en el prólogo de la tercera edición de *Jane Eyre* y las recogidas por Elizabeth Gaskell. A partir de esos datos engañosos, siempre se ha dado por supuesto que la autora de *Cumbres Borrascosas* no conoció jamás el amor, y que la totalidad de su novela y de su poesía amorosa surgió únicamente de su inspiración, sin tener nada que ver con su propia vida.

Recientemente, sin embargo, la escritora e investigadora Sarah Fermi ha hecho un descubrimiento interesante. Convencida de que había algún vacío extraño en las informaciones conocidas sobre Emily, Fermi estudió cuidadosamente su poesía, descubriendo un cambio de tono radical entre 1836 y 1837, cuando tenía dieciocho años. Emily deja en ese momento de escribir poemas alegres, llenos de entusiasmo, y parece hundirse en un bajísimo estado de ánimo, escribiendo desde entonces a menudo sobre la muerte del amado. Es cierto que no resulta fácil saber cuándo su poesía es autobiográfica o cuándo está puesta en boca de alguno de sus personajes de la saga de Gondal, pero Fermi decidió considerar que ese cambio no podía ser casual. Siguiendo su instinto de que un acontecimiento grave podría haber ocurrido en esas fechas, investigó en el Archivo de Enterramientos de Haworth en los años 1836 y 1837, y encontró algo sugerente: el 14 de diciembre de 1836, coincidiendo con la ruptura anímica de Emily, el reverendo Patrick Brontë ofició en el cementerio vecino a su casa el entierro de Robert Clayton, un muchacho de la clase trabajadora que tenía exactamente la misma edad que Emily. Este dato parece casar con las iniciales «R. C.» escritas junto a uno de sus poemas, y a las que nadie ha podido dar nunca explicación. Si como historiadora soy consciente de que es arriesgado dar esta suposición por probada —la propia Fermi no se atreve a hacerlo—, como novelista y como admiradora de la poesía y de la única novela de Emily Brontë, me parece que algo así podría explicar algunos de sus aspectos más misteriosos.

Animo a quienes quieran descubrir más sobre el apasionante mundo de las hermanas Brontë a que hagan ciertas lecturas. En primer lugar, por supuesto, la de sus propias obras. Todas sus novelas están publicadas en castellano en diversas ediciones. Recuerdo aquí los títulos:

CHARLOTTE BRONTË
— *Jane Eyre*
— *Shirley*
— *Villette*
— *El profesor*
— *Emma*
EMILY BRONTË
— *Cumbres Borrascosas*
ANNE BRONTË
— *Agnes Grey*
— *La inquilina de Wildfell Hall*

La poesía de las hermanas Brontë, en cambio, solo se puede encontrar en inglés, salvo en el caso de algunos de los extraordinarios poemas de Emily, para los que existe una edición en castellano y otra en catalán:

— Emily Brontë, *Poemas*, traducción de Rosa Castillo, Ediciones Torremozas, 1995.

— Emily Brontë, *L'hora atroç: poemes d'Emily Brontë*, traducción de Roberto Langarita Rivas, Editorial Pendragón, 2012.

Por lo demás, hay más de cien biografías dedicadas a las hermanas Brontë, aunque la mayor parte de ellas no están traducidas a nuestro idioma. Hago aquí una breve selección para los interesados, tanto de textos en inglés como en castellano:

— Barker, Juliet, *The Brontës*, Abacus, 2010.

— Dinsdale, Ann, *The Brontës at Haworth*, Frances Lincoln Ltd., 2006. (Recomiendo este libro a los mitómanos por la cantidad de buenas fotografías que contiene de Haworth y de muchos de los objetos personales guardados en el Brontë Parsonage Museum, situado en la casa rectoral donde vivieron las hermanas. Aunque, por supuesto, lo mejor es visitar la propia casa y sus alrededores).

— Fermi, Sarah, *Emily's Journal*, Pegasus Paperback, 2006.

— Gaskell, Elizabeth, *Vida de Charlotte Brontë*, traducción de Ángela Pérez, Alba Editorial, 2000.

— Gérin, Winifred, *Emily Brontë*, traducción de Ana Becciu, Atalanta, 2008.

— Miller, Lucasta, *The Brontë Myth*, Vintage, 2002.

— Smith, Margaret ed., *The Letters of Charlotte Brontë,* Clarendon Press, 3 volúmenes, 1995, 2000 y 2004.

También en la red se pueden encontrar numerosas páginas sobre las hermanas Brontë, la mayor parte en inglés. Tal vez la más interesante sea la de la Sociedad Brontë y el museo de la casa rectoral de Haworth (The Brontë Society & Brontë Parsonage Museum): www.bronte.org.uk.